智勇一生

的 发现故事

胡罡 主编

黄河出版传媒集团
阳光出版社

图书在版编目（CIP）数据

智勇一生的发现故事 / 胡罡主编 .—— 银川：阳光
出版社，2016.6
（校园故事会）
ISBN 978-7-5525-2672-1

Ⅰ．①智… Ⅱ．①胡… Ⅲ．①故事－作品集－中国
Ⅳ．① I247.8

中国版本图书馆 CIP 数据核字 (2016) 第 143621 号

校园故事会　智勇一生的发现故事　　　　　　胡罡　主编

责任编辑　刘涛　陈建琼
封面设计　华文书海
责任印制　岳建宁

黄河出版传媒集团
阳 光 出 版 社　出版发行

出 版 人　王杨宝
地　　址　宁夏银川市北京东路139号出版大厦（750001）
网　　址　http://www.yrpubm.com
网上书店　http://www.hh-book.com
电子信箱　yangguang@yrpubm.com
邮购电话　0951-5047283
经　　销　全国新华书店
印刷装订　三河市京兰印务有限公司
印刷委托书号　（宁）0001544

开　本　710mm×1000mm　1/16
印　张　7.5
字　数　90千字
版　次　2016年9月第1版
印　次　2016年9月第1次印刷
书　号　ISBN 978-7-5525-2672-1/I·708
定　价　15.80元

前　言

我们在故事的摇篮里长大，故事就像一个最最忠实的好朋友，时时刻刻陪伴在我们身边。它把勇敢和智慧传递给我们，也把快乐、爱与美注入我们的心田。

《校园故事会》系列所选用的故事内容丰富、主人公形象生动活泼，而其寓意也非常深刻，会让你在愉快的阅读中了解到什么是美，什么是丑，什么是善，什么是恶，什么是直，什么是曲。我们相信，这些故事一定会使广大学生受益匪浅。真诚地希望本系列丛书能成为家长教育孩子的好助手，学生成长的好伙伴！

本系列丛书内容包括亲情、哲理、处世、智慧等故事，会使你在阅读中收获真知与感动，在品味中得到启迪与智慧。可以说，它们是父母送给孩子的心灵鸡汤，自己送给自己的最好礼物，同学送给同学的智慧锦囊，老师送给学生的精神读本。

总而言之，这是一套值得您精读，值得您收藏，更值得您向他人推荐的好书。因为课本上的道理是一条条教给您的，而这套书中的"故事"所蕴含的大道理、大智慧是要您自己揣摩的。

本系列图书在编写过程中不免会有瑕疵，望广大读者批评指正，我们会虚心改正。

编　者

目　录

起死回生

人们常用起死回生这句话,来形容某些医生的医术高明。据说,春秋战国时的名医扁鹊,就有这种本领。

一天,扁鹊来到虢国。他听说太子死了,就去看望。

扁鹊来到太子床边,用耳朵贴近太子的鼻子听听,发现还若断若续地有点气息;再用手摸摸太子的大腿根和心窝,还稍稍有点热气;他又仔细给太子搭了搭脉,脉还在跳,只是很弱,很不规律。

扁鹊断定太子并没死,只是一时晕了过去。他在太子头顶、胸部和四肢扎了几针,又做了热敷,灌了汤药。一会儿,太子苏醒过来。后来又连续服了 20 多天的汤药,便完全恢复了健康。

大家赞扬扁鹊有"起死回生"之术。扁鹊说:"凡是救过来的人,都是他本来就没有死,我不过是帮助他战胜疾病,恢复健康罢了。说我起死回生,其实是过奖啊!"

小知识大智慧

针灸起源有人以为早于药物,这一结论可能是一种主观

智勇一生的发现故事

的想象推断,很难有确切的依据。针或灸的医疗方法,都需要借助医疗工具,且需刺灸人身的一定部位,应该说较难于药物知识的积累。

蚕花娘子

要不是阿巧，服装的大世界恐怕会黯然失色许多，这完全是一件偶然的事。

这是一个寒冬的日子，阿巧背着竹篓去割青草。她知道在这大地沉眠、小河封冻的日子很难找到青草的。可是，继母的心比这寒冬还冷，她只有侥幸去找了。

阿巧沿着小河一直寻到山脚，也不见一根青草。寻到半山腰，阿巧又饿又累，实在走不动了，便坐下来歇息。她想，要是妈妈还活着该多好。她这样想着，又见四野茫茫，不禁伤心地哭起来。这时，她听到一个声音从头顶传来：

"要割青草，半山沟沟！"

她惊奇地抬头看，只见一只白头颈的鸟从她头上掠过。她顾不上擦干眼泪，便顺着白头颈鸟飞去的方向奔去。她看见了远处一棵老松树下一蓬青青的草。她绕着松树看，这才发现在树的后面是一个沟口。她好奇地走了进去，眼前的景象使她不敢相信自己的眼睛。这里小溪在欢快地流淌着；两岸花红草绿，春意正浓。阿巧已忘了置身何地，不觉走到了小溪的尽头。

阿巧割完草，抬头拭汗，准备回去，只见前方一位笑容可掬的白衣姑姑向她招手。她走上前去,看到白衣姑姑身后是一排整齐的白瓦房,屋前有一片桑树林,许多白衣姑姑正在歌声相伴下采着片片树叶。阿巧还没反应过来,只听白衣姑姑问她:

"小姑娘,喜欢这儿吗?留下来住几日再走吧!"

阿巧被眼前这一切深深陶醉了,便愉快地答应了下来。

从此,阿巧和这些白衣姑姑一起采桑叶,喂雪白的小虫。这些小虫啃吃了树叶,便一天天长大,最后吐丝结成一个个雪白的花生果儿。白衣姑姑们将这些雪白的花生果儿抽成光亮的丝线,又用各色的树籽儿染上颜色。

阿巧不觉中也学会了这些,她还知道了这些五光十色的丝线是用来给天帝绣龙衣、给织女织云锦的。

阿巧在山里的日子过得很快,转眼3个月了。

一天,阿巧想起了还在继母那里受虐待的小弟弟,她想把他也带到这里来,第二天一早,阿巧悄悄离开了山沟沟,她带了一张撒满蚕卵的白纸,又装了许多桑树籽,一路走,一路丢,好在回来时能找到路。

回到家后,家人见阿巧回来都很惊讶。阿巧见父亲老了,弟弟也长大了,原来她这一去,竟是15年。听了阿巧的诉说,家人都说阿巧一定是遇到仙人了。

阿巧在家待了几日,便去寻来时的路。跨出门,她才发现沿路一道绿油油的矮树林。顺着树林走去,老松树依然屹立在沟口,可是绕过松树却再也寻不到那个春意盎然的世界了。

阿巧回到家后,便像白衣姑姑那样养起了蚕,织成色彩缤纷的丝线,又用这丝线织成各色的丝绸。

就这样天上人间都被丝绸装扮起来,阿巧也成了人们传说中的

"蚕花娘子"。

小知识大智慧

　　蚕是中国古代最主要的经济昆虫之一。蚕的经济价值在于蚕丝，蚕丝是主要的纺织原料之一。中国是最早利用蚕丝的国家。古史上有伏羲"化蚕"，嫘祖"教民养蚕"的传说，又说黄帝元妃西陵氏为"先蚕"，即最早养蚕的人。

5

智勇一生的发现故事

陶器的传说

陶器有日用、艺术、建筑等种类,据历史学家们考证,陶器在新石器时代大量出现,成为当时人们主要生活用具之一。但民间传说中,陶器是范蠡发明的。他是春秋时期越王勾践的一位大臣。他曾帮越王勾践打败吴国。勾践当了国王后,就只图保住自己的势力,对昔日有功之臣存有戒心;后来,竟想谋害范蠡。

范蠡一看越王勾践这样对待他,不如早点离开,他就驾着小船,渡过太湖,隐居在江苏宜兴一个小村子里。

范蠡在村里住下,跟当地老百姓一起种田。有一天,他到村外黄龙山上开荒,看到这里的泥土又细又粘,和别处不同。他想,要是把这泥捏成各式各样的坯子,烧一烧,不就可以把泥土变成有用的东西了吗?于是,他就带了点山上的泥回去试了试,果然不错。

第二天一大早,范蠡爬到山上,对着山下的百姓们大喊:"哪个想要吃饭?要吃饭的跟我到山上来呀!"这一喊,山下的百姓们呼啦啦地都跑上山来了。见了范蠡,就问:"饭在哪里?"

范蠡指指山沟里的黄泥说:"这不是么!"

百姓们一看,是没用的黄泥,说:"这也能当饭吃吗?"

范蠡说:"黄泥不能吃,做出东西来,就能换饭吃了。"说罢,他就把用黄泥烧制用具的主意，一五一十地讲给大家听。众人听了，都很高兴，跟着他干了起来。范蠡又和大家一起商量，用山上的黄泥，做成各式各样的缸、盆、罐、茶壶、碗，又在黄龙山脚下造了一座龙窑，把土坯放在窑里烧。烧到一定火候，再慢慢冷却，这些土坯就变成了各种既好看又好用的陶器。这黄泥也就叫做"陶土"了。

从此，江苏宜兴就出产陶器，老百姓就可以拿它换饭吃了。后来，当地老百姓为了纪念范蠡，就把范蠡住过的那个小村子叫做"范墅"，至今仍在。

知识大智慧

陶器在人类文明史上，有它光辉灿烂的一页。陶器是用黏土烧制的器皿，它曾是古代人烧水做饭、喝水盛食物的必备用具。现在已被搪瓷、铝制品所代替了。

智勇一生的发现故事

蔡伦造纸

人类很早就发明了文字。用什么来记载文字呢？我们的祖先先是将文字刻在甲骨上，这就是甲骨文。后来又刻在竹板上，再写在绢上。而这些既不方便，也不普及，而且有谁买得起那么昂贵的绢呢？

我国在 2000 年前的西汉时期，就有人会用植物纤维造纸了。他们把大麻等植物的皮捣烂，做成一种现在看来十分粗糙的纸。后来，人们又造出了以丝为原料的"丝絮纸"。但丝絮纸的原料很少，造价又昂贵，只有很少一部分人才用得起。到了东汉年间，有个在朝中当宦官的人，名叫蔡伦，他决心改变这种状况，寻找一种更好的造纸方法。为此，他废寝忘食，四处求教。

有一天，蔡伦看到几个妇女在河边"漂絮"。他聚精会神地看着，追忆着丝絮纸的产生过程。原来，丝絮纸和蚕丝业有着密切的关系。起初，人们为了获得蚕丝，就把煮熟了的蚕茧，放在席子上浸到河水里敲打，经过敲打，丝与丝之间松开了，就可以抽丝，用丝来织丝绸了，这个过程就叫做"漂絮"。妇女们在"漂絮"过程中，经常发现好丝拿走后，剩下的破乱丝絮就在席上形成薄薄的一层。有人把这薄片揭起来晒干，用来糊窗户、包东西等等。后来，又有人发现在这上面可以写字。于是，人们就把一些乱絮重新捣烂，再摊平，用席子捞起来，晒干后做成专门的书写材料,并把它叫做"丝絮纸"。如今的"纸"字有"系"偏旁,就是因为纸的起源和丝有着密切的关系。

　　蔡伦又到造纸的作坊去察看,向造丝絮纸的工匠们请教。这样,他就了解和掌握了造纸的基本过程。蔡伦想:用大麻这类植物的皮造的纸太粗糙;用丝来造纸又太贵,何况也不容易找到大量的丝材。如果能把两种造纸方法结合起来,不就能造出又经济又实用的纸来了吗?

　　蔡伦大胆地找来成堆的树皮、麻皮、破布、废渔网等含有纤维成分的材料。他组织工匠用石臼把这些材料捣碎,做成纸浆。然后采用"漂絮法"用席子捞纸浆,捞出的纸浆在席子上形成薄薄的一片,晒干后就成了纸。

　　公元105年,蔡伦把第一批制造出来的新式纸献给了皇帝,并建议皇帝在全国推广这种造纸的方法。

　　从此,纸由贵重物品变成了普通识字人都用得起的书写材料,大大推进了我国古代社会的文明进程。

　　就这样,蔡伦造的纸,成了我国古代四大发明之一。

小知识大智慧

　　造纸术是我国古代"四大发明"之一。现存世界上最早的植物纤维纸是西汉时期(公元前2世纪)的"灞桥纸"。经科学家分析化验,灞桥纸主要由大麻和少量苎麻的纤维所制成。西汉时的这种麻纸比较粗糙,不便书写。

9

撒网捕鱼

现在，在江河湖泊，人们撒网捕鱼，已不算得什么稀奇事。可当初，是谁发明用网捕鱼的呢？据说，这是满族聪明人萨满发明的。

萨满常在水边看见水鹳捕鱼捉虾。

一天，他拣到了一条水鹳衔掉的一条鱼，用火烧了，果真味道鲜美。这下，他也下河捉鱼了，可鱼儿游得很快，身上溜滑，很难捉到。

这天，萨满倚在一棵大树上，看见蜘蛛在织网，那些蚊蝇都被挂在上面，蜘蛛毫不费力地吃着猎物。这情景，启发他产生了织网捕鱼的念头。

但用什么做网呢？一天，萨满发现一棵倒伏的大椴树，树皮裂了，被雨水浸泡得露出了柔软的椴皮麻，他用力一拽，还挺结实的。于是他用椴皮麻织成了第一张简陋的网。网的四角用四根棍支撑着，放在水里，鱼游进去后，把网再抬起来，果然省工省力，网了不少鱼虾。

从此，河里的鱼虾又成了人们一项食物来源，而且江河里的鱼虾取之不尽，营养丰富，人们吃了，身体更健壮，人也更聪明了。

小知识大智慧

　　影响人类文明进程的许多重大发明都源于仿生思维。例如：渔网的发明可能源于古人对蜘蛛织网的模仿；飞机的翼型是模仿鸟类翅膀的剖面；喷气推进原理是模仿墨鱼的运动原理；雷达的发明源于对蝙蝠超声定位的模仿。

智勇一生的发现故事

陷阱捕猎

现在,人们去深山野林里打猎,除了经常会带着猎枪和猎狗之外,还常常在地面上设置各种陷阱来辅助捕捉猛兽。那么,是谁第一个想到用陷阱捕猎的呢?

据说,远古时代,我国东北一带居住着不少满族人。在满族,有个聪明人叫萨满。当时,满族祖先拿木棍、石头捕兽。他们跋山涉水,长途追捕野兽,既危险,又很费气力,有时还猎获不到什么。

一次,在追捕野兽时,萨满不小心跌落在一个大土坑里摔伤了,他浑身疼痛,怎么也爬不上来。后来,在大伙的帮助下,才被拉了上来。

萨满回家后,心想:如果在野兽经常出没的路口,挖一个很深很深的坑,让野兽跌落在里面,不就会少费力气,又容易捕到野兽了吗?

大伙觉得有理,就挖了很多的陷阱,顶上搭着草棍,铺上薄薄的一层土,还放些野兽喜欢吃的盐粒和食物,就这样,他们捕捉到的野兽越来越多了。

这就是今天人们常用的打猎方法:设陷阱。

小知识大智慧

　　满族历史悠久,早在 2000 年前生活在长白山以北、黑龙江和乌苏里江流域的一带地区。满族的直系祖先原称"黑水鞨",后发展为"女真"。

13

智勇一生的发现故事

鲁班造刨子

春秋末年,鲁国出了个能工巧匠,名叫鲁班。鲁班用斧头砍木料时,觉得很费力,特别是遇到木纹粗、节疤多的木料,那就更费劲了。

鲁班一直琢磨着,能不能用一种工具代替斧头,而且能很快削平木料呢?

这天,鲁班磨了一把小小的薄"斧头",上面盖块铁片,只露出一条窄刃,往木料上一推,竟能把木料表面削得又平整、又光滑,后来,他又为它安上了一个木座,这样,世界上第一把刨子便诞生了。

鲁班用刨子来刨木料时,木料常常移动,他总要妻子云氏,在对面顶住木料。

云氏也是个心灵手巧的人。她想:如果用木头做一个橛子,顶住木料,不就可以代替我了吗?于是,她在刨木料的长凳上,钉了个木橛子顶住木头,刨起来既稳当,又不用人顶住木料。后来,木工们把云氏做的那个木橛,称作"班妻"。至今,木匠们做活儿还在用呢。

小知识大智慧

鲁班,姓公输,名般。因是鲁国人,"般"和"班"同音,古时

14

通用,故人们常称他为鲁班。鲁班,大约生于周敬王十三年(公元前507年),卒于周贞定王二十五年(公元前444年)以后,生活在春秋末期到战国初期,出身于世代工匠的家庭,从小就跟随家里人参加过许多土木建筑工程劳动,逐渐掌握了生产劳动的技能,积累了丰富的实践经验。

智筑堤堰

四川都江堰,是一个伟大的水利工程。而这一工程,远在2000多年前就完成了。

公元前316年,秦国灭了蜀国。秦昭王派李冰当蜀国太守。李冰看到这里水旱灾害严重,决心治理岷江。他带人摸清水患发生的原因后,准备在灌县西边宝瓶口上游,利用江中一个卵石洲筑一道分水堰,使江水流到这里便分成两段,以分洪减灾。

李冰就地取材,叫大家用船把鹅卵石运到卵石洲前端倒下去,堆起来筑成分水堰。但没几天,圆圆的卵石都被江水冲散了。后来用大石块堆积筑堰,仍不成功。这下,该怎么办呢?

一天,李冰在山溪边,看见一些妇女用竹席挡着溪水,从竹笼里拿出衣服来洗。他想,如果做一些长形的大竹笼,里面装满鹅卵石,再一层层堆起来,可能就不容易冲垮了。

后来用他说的办法,终于筑成了一道分水堰,又沿着卵石洲两侧,筑了两道护堤,加固了分水堰。

这样,一道坚固的堤堰就筑成了。

小知识大智慧

　　都江堰位于四川成都平原西部的岷江上,建于公元前3世纪,是中国战国时期秦国蜀郡太守李冰及其子率众修建的一座大型水利工程,是全世界至今为止,年代最久、唯一留存、以无坝引水为特征的宏大水利工程。2200多年来,至今仍发挥巨大效益,李冰治水,功在当代,利在千秋,不愧为文明世界的伟大杰作、造福人民的伟大水利工程。

17

智勇一生的发现故事

云南白药

一提到云南白药，真是无人不知，无人不晓。这神奇的药粉，不知救活了多少人的生命。

要问这神奇的药粉是怎么制造出来的？说来话长。

清朝末年，云南江川有个人名叫曲焕章。曲焕章16岁这年得了重病，昏倒在建水县街头，一位路过的老中医救了他。病好以后，他就拜老中医为师，当了名郎中。

20岁那年，曲焕章告别了师父，回到家乡独立行医。滇南一带地势险恶，常有人被猛兽伤害，曲焕章专攻伤科，研究止血活络，接骨生肌的中草药。

有一天，曲焕章上山采药。一位老人指点他说，有一种专治刀枪伤口的草药，这种草药开着白花，生长在悬崖之上。曲焕章听了，不畏艰险，一定要找到这种草药。他找了一年多，却仍未找到。

这天，他看到一只鹬用嘴衔来一种草的根茎，和上泥，敷在自己的伤腿上。这种植物立即引起了他的重视。又有一次，他去山上采药，一条大蛇横在路旁拦住了他的去路。他拔出刀，猛地劈过去，斩伤了蛇尾。那条几乎断了尾巴的蛇翻滚着就游进草丛中去了。曲焕章紧紧跟在蛇的后面，躲在一边观察那条蛇的动静。果然，那断尾的蛇在河道乱石中停下了，吞食着一种不知名的野草，将几乎断了尾脊骨的尾巴蠕动着往上接……几个小时之后，蛇尾竟奇迹般地和蛇身接上了。曲焕章看了，真是欣喜若狂。他立即采集了这种有接骨效能的野草。为了找到医治刀伤的草药，他还冒着生命危险与猛虎搏斗过。他用匕首刺伤了猛虎，受伤的猛虎带着匕首逃走了。他打开医包，用自制的草药给自己敷伤。为了探明那受伤的老虎能否自我"医治"，他找了三天三夜，终于找到伤虎的洞穴。天黑了，他在虎穴口点了篝火。虎怕火光，带着小虎又逃离了虎穴。他钻进虎穴仔细察看，发现了那把匕首和一大堆伤虎咀嚼剩下的野草。这正是他要寻找的药草！

为了鉴定各种草药的功能，曲焕章还养了一批小动物做实验。他尝遍了各种草药的滋味。当他 30 岁时，终于配成了一种能很快止血的草药，这就是今日的云南白药，也叫"曲焕章白药"

19

小知识 大智慧

曲焕章（1880—1938 年），字星阶。"云南白药"创始人。出生在江川县后卫乡赵官村。后迁居通海、昆明居住。7 岁丧父，9 岁丧母，与 12 岁的三姐相依为命。1892 年，到姐夫袁槐家学伤科。1896 年，与周官村李惠结婚，成家立业，自己配制白丹和其他伤科药方，开始就医。

智勇一生的发现故事

养狗捉鳖

人们常说,瓮中捉鳖。而今有位聪明的小伙子,养狗捉鳖。

鳖,俗称甲鱼,肉质鲜美,营养丰富,人们都喜欢吃,但价格昂贵。

江南太湖边有个花岸村,村里有个小伙子叫王阿根,中学毕业,在家里以捉鳖养鳖为生,成了当地的首富。他有文化,在学校里学过生物学,用他的话说,得用科学方法养鳖、捉鳖。

王阿根在太湖边长大,他对鳖进行过长期观察,寻到了老鳖"掠滩"的规律。每逢产卵或骄阳如炽时,鳖便爬上岸来,在荫凉处吹风、透气、乘凉。有时还为争一块好地方,不少鳖竟簇在一起,甚至叠在一起。太湖边芦苇茂密,沼泽地连绵数百里,给捕鳖者带来极大不便,更何况,老鳖感觉灵敏,稍有动静,便立即逃之夭夭,很难捉它。

聪明的王阿根几经思索,终于想到个养狗捉鳖的好办法。

他到苏州买了条良种小狗,抱回家养在一个不大深的地洞里,留有出气口。小狗进洞后,不喂食,让它饿得呜呜直叫,然后,每日三次在洞口上风处,熏鳖壳和鳖骨,再用鳖汤拌饭喂小狗。这样喂了半个月,小狗便对鳖有了强烈的兴趣,一闻到鳖的气味便立即上前。在捕捉过程中,王阿根再不断教小狗各种技巧和方法,使小狗成了捕鳖能手。

现在,就是王阿根不在家,小狗也会去捉鳖。它将鳖咬回家,丢进一个地洞里,那地洞的盖子会翻转,鳖从外面放进去,在里面却爬不出来。这王阿根可算聪明到家了。

知识大智慧

鳖的味道鲜美,营养价值极高,由于其具有诸多滋补药用功效,有清热养阴,平肝熄风,软坚散结,对肝硬化,肝脾肿大,小儿惊痫等有疗效。所以它不仅是餐桌上的美味佳肴,上等筵席的优质材料,还可作为重要中药材料入药。

21

味精的故事

味精,如今已成了人们饮食中很重要的调味品,几乎没有人不吃它。每一样新产品的问世,都有它产生的来历,都有发明者,有些还带有一个有趣的故事哩。

日本东京帝国大学,是世界有名的。这所大学化学系有位教授,名叫池田菊苗。1908 年的一天中午,池田菊苗作完一项实验,回到家里。不一会,妻子端上来几碗炒菜和一碗汤。池田菊苗便端起饭碗吃起来。当他用调羹舀一口汤喝时,只觉得味道鲜美,不由赞叹道:"今天这碗汤怎么这样鲜?"

妻子说:"今天买不到什么菜,我就用海带和剩下的黄瓜烧了碗汤,你怎么特别喜欢了?"池田菊苗用调羹在汤碗中搅动了几下,见碗里只有几片黄瓜和一些海带。他想,这碗汤如此鲜,奥妙肯定在海带里。想罢,他向妻子要了一包海带,饭碗一丢,就回实验室去了。

池田菊苗对海带进行了化学分析,经过半年时间的研究和化验,他终于发现,海带里含有谷氨酸钠,它具有鲜味,放到汤里,能使汤更加鲜美。

池田菊苗将这谷氨酸钠定名为"味精"。后来,他还发明了从小麦及其他一些植物中提取味精。不久,味精风行全世界,成了人们不可缺少的调味品。

小知识大智慧

味精是菜肴增鲜剂的第一代。在我国,它始于 1922 年的上海天厨味精厂,至今已有近 80 年历史。味精的主要成分是谷氨酸钠,主要的生产工艺是通过大米、玉米等粮食或糖蜜,采用微生物发酵的方法进行提取。

23

智
勇
一
生
的
发
现
故
事

冰制输油管道

输油管道大都是铁制的,哪来的冰制输油管道呢?

有!在聪明人眼里,什么意想不到的事都能做到。

1987年,一支日本探险队,历尽千辛万苦,到了南极。他们准备在这里过冬。

在福田队长指挥下,队员们冒着寒冷,把一根根铁管连接起来,准备铺设一条管道,把船上的油料输送到越冬基地。管道在延伸,眼看就要接通,突然,大伙儿发现输油管不够了。

他们在船上翻遍了,也没找到一寸管子。没有管子,油送不上岸,可要误大事的呀。因为船要尽快开走,否则会被冻在南极的。

队员们面面相觑,后悔当初没多扛几根管子。大家正在一筹莫展的时候,只见小个子清水正夫喊道:"咱们用冰来做管子。"

"用冰做管子?"众人疑惑不解。

清水正夫说:"气温这么低,这冰不是跟铁一样坚硬吗?"

队长福田一听,恍然大悟,说:"好主意!"

有人问:"这些冰坚硬如铁,怎么做管道呀?"

清水正夫说:"我们不是有很多绷带吗?"

绷带有的是,为了应付意外,每个队员随身都带着一大包。此外,

24

船上还有几十箱备用的。有了绷带,又怎样呢?

清水正夫说:"有了绷带,就可以用来造型了。"他边说边把随身带的绷带缠绕在铁管上,这就解决了造型的问题。往缠在铁管上的绷带浇水,在零下几十度的低温下,水很快就结成了冰。再把中间的铁管抽出,冰管就造成了。

清水正夫做完,大伙儿全都明白了,一起动手在铁管上缠绷带,很快,一根根冰管连结起来,通向基地。

小知识大智慧

液化石油气是开采和炼制石油过程中的副产品,其主要成分是丙烷、丙烯、丁烷、丁烯,组成液化石油气的全体碳氢化合物均有较强的麻醉作用。但因它们在血液中的溶解度很小,常压条件下,对机体的生理功能无影响,若空气中的液化石油气浓度很高,从而使空气中氧含量减低时,就能使人窒息。

智勇一生的发现故事

弹指虾的妙用

虾是用来当菜吃的。可在日本人的安排下,将虾投入战争,并取得了意想不到的战果。

在第二次世界大战期间,美国海军已配备了当时世界上最先进的水下侦听器。这种侦听器,能很快发现敌人的潜水艇。在太平洋驻防的美国海军舰队,就依靠这种侦听器,击毁了几艘前来偷袭的日军潜艇。

为了对付美军水下侦听器,日本海军部的高级指挥官,召集有关专家,举行了多次会议,可是,始终找不到一个较好的对付办法。日本海军研究所长三木少将,为此焦急万分。

这天傍晚,三木回到家里,头靠在沙发上闭目养神。忽然,他听到头顶上有"哔卜哔卜"的响声。他觉得奇怪,抬头看看,不见有什么人,也没有什么别的能发出响声的东西。

这"哔卜哔卜"的响声又响了。他站起来,遁声找去,原来,响声来自桌上的金鱼缸里。再一看,金鱼缸里有几只虾子在动。三木认得出这虾叫弹指虾。他不用问也知道,这些虾,准是小儿子放进金鱼缸里的。

三木把头凑近了金鱼缸,果然,他听到了里面的海虾会发出一种像人弹手指头的"哗卜哗卜"声。他凝神地听着、听着，一个奇特的方案，在他脑中形成了。

第二天，当地全体海军官兵都到海滩边去捕捞一种叫弹指虾的活虾，每人规定了任务，捕捞多的还有奖赏。不久，海军几艘运输船，把这些弹指虾装走了。

三天后，日本潜艇部队，在连续几次失利后，接到了出击命令。这支潜艇部队，悄悄地靠近了美军舰队，奇怪的是，这次，美军舰队始终未发现日军潜艇的到来，这就给日军潜艇攻击的机会。他们突然发射鱼雷，击沉了三艘美国军舰。

原来，日军在美军舰队附近洋面投放了大量弹指虾，以此，干扰美军的水下侦听器，果然让美军的先进仪器失去了效用。

27

小知识大智慧

动物参战可谓人类战争中一道奇特景观。说起来，动物参战的历史几乎和人类战争史一样久远，这些"特种兵"在古今中外的战场上曾创造了许多惊人战绩，探索其奥秘十分有趣和有益。

智勇一生的发现故事

淬火的来历

"淬火"是金属热处理的一种方法，它能使工件表面增加硬度，这已不是什么秘密。但是，开始是怎么会想到淬火的呢？这里有个发明创造的故事。

三国时，蜀国有个铁匠叫蒲元。他打出的农具、刀叉好使、漂亮，但就是使用期不长，缺少硬度。

一天，蒲元打出一把新刀，一试，还是发软，只得加火重打。烧红的刀耙出炉以后，他呆呆地望了半天，刚要打，手中的刀已冷却、变硬了。他从中受到很大启发，心想：如果让它凉得快，凉得厉害，会不会变得更坚硬些呢？

想罢，他就把刀重新烧红，然后扔到凉水里，猛的冷却后，举刀向试刀铁砍去，只见试刀铁被砍裂了一条缝，而手中的刀口却没受一点损伤。

后来，人们就把这种金属加热后，又迅速在水中冷却，增加金属硬度的方法叫做"淬火"，并一直留传到今天。

小知识大智慧

蒲元是三国时期一位普通的铸、锻工匠,在长期的生产实践中,他积累了丰富的冶炼经验和制造技能,成为当时著名的造刀技术能手,留下许多动人的故事。蒲元是三国时期的蜀国人,生卒年及生平不详。

智勇一生的发现故事

华佗寻药

华佗是东汉末期的著名医学家。

一天,有位农村妇女上山砍柴,不小心被黄蜂蜇了头部,顿时皮肤发红,脸和头肿胀,疼痛难忍。村里人急忙派人请来神医华佗诊治。华佗赶去,看了病人,问明情况,搭脉以后开了草药,既有外敷药,又有内服剂,真是双管齐下。用药两天后,这农妇的病情仍不见好转,反而喊痛不止。华佗感到吃惊:我用的是驱毒治伤的良药啊!为何不见效呢?为此,华佗寝食不安,终日苦思冥想,但想不出别的办法。

华佗一筹莫展,病人危在旦夕。他想到郊外嵩山寺去找一位长老和尚,讨教治疗病人的药方。不巧,长老出门去了,华佗便在庙内踱来踱去,不知如何是好。这时,他无意中走到后山凉亭,感到这儿环境幽静,便在亭中坐下。这凉亭已多年失修,破旧不堪,四周布满了蜘蛛网。忽然,他看见一只大黄蜂,被蜘蛛网缚住,"嗡嗡嗡……"拼命挣扎,也难以脱身。再看那只大蜘蛛,慢慢地爬过去,想出其不意地咬住它,却被黄蜂狠狠蜇了一下。眼看蜘蛛中毒,掉落在青石上,身子缩成一团,动也不动。一会儿,它伸开八只脚,慢慢地爬到旁边的青苔上。奇怪的是:蜘蛛爬过青苔后,又迅速地爬到蜘蛛网上和黄蜂搏斗。一会儿又中毒坠落,又爬向青苔,再回到网上搏斗,如此反复多次,最后,蜘蛛终于战胜了黄蜂,美美地饱餐了一顿。

华佗看到这儿,心中豁然开朗,高兴得自言自语地说:"今日长老未遇,幸会蜘蛛将军,感谢将军赐教!"说着,抓了几把青苔带回去给农妇治病。

第二天,那农妇头上毒伤果然消失了。

要不是华佗虚心好学,农妇的性命怕也难保啊。

小知识大智慧

31

华佗,字元化,沛国谯(今安徽亳县)人。据人考证,他约生于汉永嘉元年(公元 145 年),卒于建安十三年(公元 208 年)。华佗高明之处,就是能批判地继承前人的学术成果,在总结前人经验的基础上,创立新的学说。中国的医学到了春秋时代已经有辉煌的成就,而扁鹊对于生理病理的阐发可谓集其大成。华佗的学问有可能从扁鹊的学说发展而来。

华佗编创"五禽戏"

"五禽戏"是一种拳法。打这种拳，能健体强身。你知道这拳法的来历吗？

相传，这拳法是东汉末期大医学家华佗编创的。

华佗是怎么想到编创这五禽戏的呢？

一天，华佗看见有个孩子抓着门闩来回荡着玩，他想起"户枢不蠹，流水不腐"这句老话。是啊，门的枢纽，老在转动，所以不会被蛀掉；不停流动的水，不会腐臭。他想：大多数人的疾病，是因为气血不流通而发生的。如果人体也经常活动，让气血通畅，不至于淤塞停滞，不就能保持身体健康了吗？

后来，华佗仿照虎、鹿、猿、熊、鸟的动作，编成一套拳法，取名"五禽戏"。只要打一套拳，全身的肌肉、筋骨、关节，就差不多都活动起来了。这套拳法，一直流传至今。

小知识大智慧

五禽戏是中国传统导引养生的一个重要功法，其创编者华佗(约 145—208),出生在东汉末沛国谯县(今安徽亳州)。其一生著述颇丰,但均亡佚。

五禽戏的练法有两种:一种是模仿五种禽兽的动作,用意念想着它们的活动,自然地引出动作来,只要动作的前后次序有个组合就可以了,每次锻炼的动作次序可以不完全一样。另一种是参阅现有五禽戏的书籍,学习整套动作。

智勇一生的发现故事

"永"字八法

据传说,晋代大书法家王羲之第七代孙子,有个名叫智永的。这智永也精通书法。他亲笔写了《千字文》800本,散发到民间。江南各个寺院都留下了一本。

智永住在吴兴永欣寺时,人们都争相前往,去索求智永的书法作品。

一天,有个人领来个七八岁的孩子,要向他讨教写字方法。智永望着客人期待的目光,决心要想出一个字:这个字要简单,笔画要全,结构布局要典型,使孩子练好这个字,也就练了书法的基本功。他听到人们一个劲地叫他"永大师",心里一亮:"永",对,就是"永"字!

你看,横、竖、撇、点、捺、挑、钩、折是构成汉字的八种主要笔形,这些笔形,在"永"字上基本都具备。这些笔画,用正楷书写时,又各有要领……想到这里,智永便大书一个"永"字。

后来,人们就把智永所创造的这种练习毛笔字基本功的方法,叫做"永字八法"。至今还流传。

小知识大智慧

　　智永，山阴（今浙江绍兴）人。生卒年不详。陈、隋间书法家。僧人，名法极，俗姓王氏。晋王羲之七世孙。永欣寺人，人称永禅师。善书，能兼诸体，草书尤胜。他继承祖法，精勤书艺。

智勇一生的发现故事

铁脚木鹅探深浅

公元 581 年,杨坚称帝,建立了隋朝,全国形成了统一的局面。

公元 605 年,隋炀帝杨广要到广陵(今扬州)去巡游,征调大批民工开掘运河。为了防止他乘的龙舟搁浅在水浅的地方,他就事先命令百姓疏通已开掘的河道,耗费了无数人力财力。当龙船行到宁陵地界,还常常碰到水浅的地方,使船无法前进,耽误了很多时间。

杨广心里很恼火,下令尽快将河道开阔挖深。但这么长的河道,怎样才能知道哪儿深、哪儿浅呢?民工们只能沿着整个河道挖过去,所以工程进度很慢。当时有位大臣,名叫虞世基,他向杨广建议道:"陛下,此事并不难,只要您命令工匠制造一些铁脚木鹅,身长一丈二尺,从上游放下去,就会解决搁浅难题了。"

杨广不知为何要造铁脚木鹅,便问虞世基:"何以要用铁脚?水上行舟,要脚何用?"

虞世基说:"铁脚是沉的,木鹅是浮的,铁脚碰到水浅的地方,木鹅就停住不向前漂了,说明这里水浅,这样挖掘就有了明确的目标,比原来毫无目标的开挖疏通范围小多了,这样省工省时,速度也自然会快起来。"

隋炀帝听了,觉得有理,当即下令造了艘铁脚木鹅船,放下水一试,果然灵验。

小知识大智慧

隋文帝杨坚(公元 541—604 年),弘农华阴(今陕西省华阴县)人。其父杨忠从周太祖起义关西,赐姓普六茹氏,位至柱国、大司空,封隋国公。杨坚袭父爵为隋国公,累官至上柱国,大司马。周宣帝病死,周静帝年幼继位,未能亲理政事。杨坚以元舅总揽朝政,都督内外诸军事,封隋王。大定元年(公元 581 年)废静帝自立,国号隋,改元开皇。

37

智勇一生的发现故事

取土筑堤

据历史记载,远在唐宋时期,古城苏州城外东南方向,都是一片浅水地带。从苏州东到昆山县,大约 60 里。在宋朝初年,都为浅水浸漫,人们都靠小船往来,没有陆路可走。

那时,当地百姓们都想筑一道长堤,把苏州、昆山连接起来。但苏州一带都是水浸之处,没有地方可以取土筑堤,只好作罢。

宋仁宗庆历年间,有个老农献计:在水中用粗竹席和干草做一堵墙。即把竹席、干草插成两行,两行之间距离三尺。距这堵墙六丈远的地方,再做一堵墙,做法相同。把水中的淤泥填满在粗竹席所做的两堵墙之间,等淤泥干了,再排干两堵墙之间的积水。

这样,两堵墙之间,六丈宽的地方都是土了。留一半土做堤脚,挖掘它的一半做渠,把挖渠挖出来的土筑堤。这个计策得到了当地官员的赞同。百姓们也齐心协力,用不了年把时间,一座长堤就筑成了。

长堤上每隔三四里就造一座桥,用来让南北的积水流通。这座长堤,就把苏州和昆山联结在一起了。

小知识大智慧

　　宋仁宗赵祯(1010—1063年)北宋皇帝。宋真宗赵恒之子。天圣、明道10余年间,由章献太后垂帘听政。他在位期间,宋代科学文化有一定发展,但各种社会矛盾也进一步尖锐,土地兼并日趋严重,皇佑元年(1049年)全国军队总数增至140万,达到北宋养兵的高峰。

智勇一生的发现故事

铜人模型

学医的,离不开人体模型。现在的人体模型,有的制作得非常精巧。那么,古时候的人体模型是怎样的呢?

宋朝年间,皇宫里设有太医署。这是个专为皇帝和贵族治病的机构,附带培养医药人才。

有个医官叫王唯一,在教针灸时,感到穴位不一致,教学有困难,于是,他提出了用人体模型来表示穴位的想法。

在铸造工场,有位老技工说:"铜人模型铸成实心的,有好几百斤重,不如做成空心的好。"

40

王唯一说:"既然铸成空心的,那么再配上五脏六腑,不就跟真人一样了吗?"

王唯一和这位老技工精心构思,终于在1027年,将铜人铸造成功了。这铜人上面有几百个小孔,一个小孔就是一个穴位,还注明了穴位的名称,位置极其精确。王唯一还在整个铜人的表面涂满了黄蜡,内部灌满了水。考试时,老师指定某个穴位,学生如果扎准了,水马上从针眼里渗出来;扎不准,水就不会渗出来。

王唯一设计的这个铜人,可算是我国最早的医学教学模型了。

小知识大智慧

王唯一,或名唯德,北宋医家,约生活于公元987—1067年间,籍贯不详。王唯一历任宋仁宗、宋英宗两朝医官,仁宗时为翰林医官、朝散大夫、殿中省尚药奉御骑都尉。

黄太监建船坞

大家都知道，现在的万吨巨轮，都是在船厂里的船台上制造的。船舱在船台上安装。制造完成后，就沿着轨道滑到水里。大船若要修理或停泊，就造一个很高很宽的房子，这房子也叫船坞。

那么，古时候，人们是怎样造船、修船的呢？

我国宋朝年间，造船业就很发达了。

据说，宋朝初年，两浙地区的地方官，向皇帝献龙船。这龙舟长20多丈，上有宫殿式的多层楼房，供皇帝坐这船外出游玩。年岁久后，船底坏了，但在水中不能修理。

怎么办？

朝中有个太监叫黄怀信。他建议先在江边挖个深水池，在水池底安置柱子，用大木头做梁，架在柱子上面，然后放水入池，引龙船停在梁上，再引出池里的水，龙船就被架在梁上了。大家依据他的方法，挖池放水，将龙船停在架上，然后再将水抽干，这样果然将船底修好了。

船修完后，又重新放水进池，使龙船浮起，抽去梁柱。再在池上盖个大房顶，便成为藏船室，这样龙船停放在池里就不怕风吹日晒雨淋了。

这就是现在的船坞。

小知识大智慧

中国有悠久的航海及造船的历史。考古证明，至少在7000年前，中国已能制造竹筏、木筏和独木舟。最早、最简单的竹筏是由很多竹竿捆扎而成的竹排，沿江河顺流而下，也可以用桨、橹、篙来推进。

智勇一生的发现故事

冷水浇头

我国元朝年间,浙江有位名医,名叫朱丹溪,他医术高明,曾救活过不少人。

这一年有个农民得了肺痈病,他广求名医,吃了许多药都无效。后来就送到朱丹溪这儿来诊治。

朱丹溪为病人搭脉,又仔细察看了病人的脸色,就把跟他学医的徒弟喊来,交代了几句,让徒弟端来一盆冷水,然后,他叫病人脱去上衣。他将一根长针,对准病人肺部正要刺下去,却见病人泰然自若,就向徒弟使了个眼色。徒弟从背后将一盆冷水泼在病人头上,病人不禁打了个寒战。

44

说时迟,那时快,朱丹溪已经对准病人的肺部扎了进去,针一进一出,不多时,脓血全部排尽。

不久,这个农民的病就好了。他向朱丹溪磕头谢恩,并问起倒冷水的事。

朱丹溪说:"因为你肺痈部位就在心脏的边上,我若稍不留意,银针刺着心脏,你就没命了;我让人突然倒下冷水,让你大吃一惊,心脏就会突然收缩而往上提,我趁此机会扎针,就绝不会伤着你的心脏,手术也就成功了。"

小知识大智慧

朱丹溪(1281—1358年),名震亨,字彦修,义乌(今浙江义乌市)赤岸人。他所居住的赤岸村,原名蒲墟村,南朝时改名赤岸村,继而又改为丹溪村。所以人们尊称他为"丹溪先生"或"丹溪翁"。朱丹溪倡导滋阴学说,创立丹溪学派,对祖国医学贡献卓著,后人将他和刘完素、张从正、李东垣一起,誉为"金元四大医家"。

45

智勇一生的发现故事

戴维发明安全灯

　　矿井下一片漆黑，矿工们在井下干活时，头上都戴顶帽子，帽子上有矿灯，那是靠电池充电发亮的。在这之前，矿工们在井下干活用的是蜡烛和油灯。油灯的火一碰到矿井里的一种叫瓦斯的气体就发生爆炸。一爆炸，就会使许多矿工丧生。要是不点灯，又没法儿干活，矿工们只好冒着生命危险，干一天活儿，讨一天活命。

　　英国有位化学家，名叫戴维，他生于 1778 年，死于 1829 年，他亲眼见到过矿井里瓦斯爆炸时的悲惨情景。他决心发明一种安全的矿灯，来保护矿工们的生命和安全。

46

　　戴维冒着生命危险，下到矿井去实地观察。他发现一个奇怪的现象：井下用蜡烛和油灯照明，为什么不是每天都发生爆炸？那么，是什么原因引起爆炸的呢？他做了许多实验，进行研究。不久，戴维终于发现：瓦斯只有在温度较高的情况下，才会着火，引起爆炸。

　　爆炸的原因找到了，那么，怎样才能使灯火的温度降下来呢？戴维设计制造了一种安全灯。这种灯，在火焰的外面加了一个金属的罩子，火焰发出来的热量，传到金属罩上便很快地传走了，瓦斯没有足够着火的温度，就不会爆炸了。

　　因为这种矿灯很安全，大伙儿就叫它"安全灯"。

戴维发明了安全灯，使无数矿工避免了伤亡，矿工们都不会忘记这位伟大的科学家。

小知识大智慧

戴维（Humphry Davy，1778－1829 年）英国化学家。1778 年 12 月 17 日生于彭赞斯。少年时曾在普通学校读书，在药店给药剂师当学徒，业余时间自修化学，其间他读了拉瓦锡的《化学纲要》，立下研究化学的志向。1798－1801 年在布里斯托尔气体研究所工作，发现氧化亚氮（即"笑气"）的麻醉性，对医学有重要意义。

智勇一生的发现故事

血液循环之谜

世界医学史上有部著名的著作：《心血运动论》。这本书的作者是英国医生哈维。此书出版于 1628 年，它第一次科学地论证了心脏的运动和血液循环，解开了血液循环这个谜。有趣的是，这个伟大的发现，是从哈维 16 岁那年得的一场病开始的。

那一年，哈维正在剑桥大学念书，5 月的一天，他病倒了。母亲为他请来一位民间医生。这位民间医生在当地较有名望，而他治病的唯一方法就是放血。他认为"放血能治百病"。尽管哈维不相信这种方法，但出于顺从母亲，也出于好奇，他同意治疗。这位医生用手术刀割开他左臂上的一根静脉血管，放出一点血，然后把伤口包扎起来。隔几天，再做一次。这样重复了几次后，哈维的病真的好起来了。

这次治病，给哈维一个启发。他想：割开血管，就有血从里面流出来，这说明血液在身体里是流动的。可是，血液到底是如何流动的呢？他一直想着这个谜。他大学毕业后，当了医生，便开始认真追寻这个答案。

有一天，下了一场大雨。满街都是水。哈维回家时，只见几个孩子赤着脚，在一条小溪上筑起一道水坝。哈维注意到水坝的上游水越积越多，而被水坝挡住的下游，水却干了。哈维正看得起劲，几个孩子又把水坝踏平，水便又急促地流淌下去了。

他想，用这个方法也许能检验血的流动方向。回家后，哈维找来一根线，扎住一条狗的动脉血管，结果在结扎的上方，就是离心脏近的一方血管胀了起来。同时，哈维还注意到狗每次心跳，就有一次脉搏，只要割破一点，血就很猛地涌出。在结扎的下方，也就是离心脏远的那一方，血管瘪下去了，即便割破，也没有血流出。他放开结扎的绳子，血液又重新通过，下方的血管也开始饱满起来。

通过实验，哈维认识到，动脉的血是从心脏流出来的，而静脉的血是流入心脏的。这说明血液流动与心脏直接联系着。然而，心脏在其中又起什么作用呢？

哈维又用兔子来进行实验。他解剖兔子的心脏，一分钟、一分钟地观察兔子心脏跳动的规律、血液流动的情况。后来，哈维又给80多种小动物作了实验，他终于弄明白动物心脏收缩时，把血液压进动脉管；放松时，心脏又灌满了血。这样一紧一松，就使血液朝一个方向流动。接着，哈维又把一些动物的动脉切开，让血液随便流淌。血随着心跳，一股一股地喷射出来，直至流尽，动物也就死了。

哈维得出结论：从心脏流出的血液不能再进入静脉，血液循环就中断，生命也就停止了。就此，他写出了光辉的著作《心血运动论》。

49

小知识大智慧

　　心脏和血管组成机体的循环系统，血液在其中按一定方向流动，周而复始，称为血液循环。

智勇一生的发现故事

肥皂泡上的科学

牛顿被人们誉为"科学巨匠"。1642 年,他生于英国林肯郡。少年时代的牛顿性情孤僻,学习成绩也不太好。但他好思索,不论什么事,都爱打破砂锅问到底。

一天,已经 16 岁的牛顿。正在一心一意地用蒲公英的茎条吹肥皂泡。他看着一个个肥皂泡,在阳光下花花绿绿的,呈现出各种各样的颜色,他感到很稀奇。

他问妈妈:"为什么有这些不同颜色?"

妈妈说:"这有什么稀奇的,肥皂泡本来就是这样的。"

牛顿听了,并不感到满意。他又问:"为什么'本来'就是这样的呢?这里面一定有什么道理。我想,这可能跟阳光有什么联系,也许,阳光不只是一种颜色。"

妈妈说:"不要胡思乱想了,谁不知道阳光是白色的?行了,干活去!"

牛顿虽然放下手里的肥皂液,在帮妈妈干活,可心里仍丢不下那花花绿绿的肥皂泡。

1661 年,牛顿考入剑桥大学三一学院。1665 年大学毕业,获得学士学位。过了年 6 月,当地发生瘟疫,他从首都回到了故乡。

回故乡的第二天,是个阳光明媚的大晴天。当刺眼的阳光把睡梦中的牛顿从床上弄醒时,他下决心一定要弄清楚阳光和色彩之间的秘密。

于是,他翻身起床,早饭也顾不上吃,马上开始了新的实验。

在他收集的实验器具中,数玻璃片最多了。牛顿认为:肥皂泡只不过相当于一个空心的透明玻璃球,既然肥皂泡在阳光的照射下能呈现多种颜色,那么,受阳光照射的玻璃片上,不也应该看到那些颜色么?

牛顿在窗前一边吹着肥皂泡,一边拿着玻璃片到窗前仔细观察起来。可是,他一连换了几块玻璃片,也没有看到上面出现五彩缤纷的颜色。而阳光下的肥皂泡却仍然花花绿绿的。

51

"这到底是什么原因?"牛顿不由自言自语:"难道是我的推断错了吗!"。

牛顿又继续观察着。当他拿起一块三棱形的玻璃朝着阳光晃动时,奇迹在眼前出现了:那块三棱形玻璃上,呈现出肥皂泡上类似的景观。比起肥皂泡在阳光下闪烁不定的色彩来,三棱形玻璃上的色彩更稳定,而且一层层呈现出红、橙、黄、绿、青、蓝、紫七种颜色。

牛顿并没有因见到这七种颜色而罢休。他进一步进行实验。他想,白光既然可以分解成七种颜色,那么,把七彩的光汇聚一起,不也一样可以得到白光吗?

于是,他又把一个凸透镜放在三棱镜片与白纸屏之间。立刻,他预期的效果出现了,经过三棱玻璃片分散的七色光又汇聚了起来,白纸屏上明显地呈现出了一条白色的光带。

就这样,牛顿由极普通的肥皂泡而不断地思索和研究,不断地实验,终于发现了光学中的一个十分重要的原理——光的色散和聚合原

智勇一生的发现故事

理，为后来的光谱学开辟了道路。

小知识大智慧

牛顿，是英国伟大的数学家、物理学家、天文学家和自然哲学家。1642 年 12 月 25 日生于英格兰林肯郡格兰瑟姆附近的沃尔索普村，1727 年 3 月 20 日在伦敦病逝。

智勇一生的发现故事

52

瓦特发明蒸汽机

瓦特，是英国一名普通的机器修理工，他生于 1736 年。是他发明了蒸汽机，所以被人称为蒸汽机之父。

瓦特是怎样想到发明蒸汽机的呢？说来有段故事。

却说英国格拉斯葛大学，有位名叫里斯德的教授。里斯德教授很看重瓦特这位机器修理工。

这天晚上，他特地把瓦特约到自己的办公室，说一件十分机密的事。

里斯德鼓励道："你是个很聪明的好青年，有一件事我想请你帮忙——我有一份机器设计图，但图纸被人偷去了。这种机器在技术制作上的难度很大，其中有些地方是别人不能解决的，以后他会来求你帮忙，你就告诉我……"

教授正说到这里，他的一个青年助手，端着两杯咖啡推门进来。教授收住了话头。那位助手给他们送来咖啡后，又拿进来一把水壶，把它放在火炉上，就把门关上走了出去。教授把门反锁上，谁也进不来。

他说："我不想让任何人打扰我们的谈话。现在，我连自己的助手也不敢相信了。我甚至怀疑图纸是被他偷走的……"

　　教授和瓦特边喝咖啡，边谈话，他谈了设计图被偷的经过，并说：一旦有人就这设计图的问题请教瓦特时，请瓦特立即告诉他……但渐渐地，瓦特觉得头昏脑涨，他认为咖啡里有人放了安眠药。他意识到这一点时，已经晚了，只觉得浑身麻木，一会儿就迷迷糊糊地睡着了。

　　当瓦特醒来时，已经是第二天早晨。他睁眼一看，只见里斯德教授的颈上扎着一枚五厘米长，带有软木塞的针，身子靠在椅子上，已经死了。瓦特惊恐万分，跳起来去开门，却发现门锁着，教授的钥匙在身上，窗户也紧闭着……瓦特回忆完昨晚的事，心想，在咖啡放安眠药的，看来是那位青年助手干的。但他出去了再也没有进来过。

　　那么，教授颈上的针又是谁扎的呢？

　　他绕着火炉转了几圈，又盯着教授颈脖子上的毒针和那软木塞看了好一会，他终于弄明白了：瓦特知道，水蒸气在膨胀时，它的压力比水要大 1800 倍。于是，他马上想到，那青年助手把水壶放在火炉上时，早将插有毒针的软木塞放置在壶嘴中，让壶嘴对准教授所坐的位置和他颈脖的高度。水烧开后，因壶嘴被塞，蒸汽的压力不断增加，后来，软木塞便连针飞出，射向教授，毒针正好扎在教授的颈上……

　　不一会，警察来了，他们根据瓦特提供的情况与科学的分析，查清凶手果然是教授的助手。他想独吞教授的发明专利，这才下此毒手。

　　凶杀案侦破了，瓦特从水蒸气原理中进一步得到启发，终于发明了蒸汽机。而蒸汽机的发明，推动了世界工业的大发展。

小知识大智慧

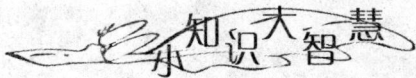

　　1819 年在詹姆斯·瓦特的讣告中,对他发明的蒸汽机有这样的赞颂:"它武装了人类,使虚弱无力的双手变得力大无穷,健全了人类的大脑以处理一切难题。它为机械动力在未来创造奇迹打下了坚实的基础,将有助并报偿后代的劳动。"

智勇一生的发现故事

征服天花的人

"天花"这一词,对现代的年轻人也许很陌生。殊不知,这曾是一种可怕的疾病。它曾夺去好多人的生命,即便是治好了,这些患者的脸上都会留下满脸的疤痕,也就是人们常说的"麻子"。当然,现在已经很难见到青年人乃至中年人满脸麻子了。因为自从琴纳发现免疫法之后,人类就有了对付天花这一类传染病的法宝。

爱德华·琴纳是英国一位医学家。他生于 1749 年,死于 1823 年。他 20 岁时开始学医,以优异的成绩获得了医学学士学位。他谢绝了一些大医院的挽留,毅然地回到自己的家乡。

26 岁时,他当了一名普通的乡村医生。琴纳从小就对人们充满同情心,他学医就是为了解救人们的病痛和苦难。对于农村中得天花病死了或成了"麻子"的人,他寄予极大的同情,他立志要用自己的学识征服天花。

琴纳开始了辛勤的探索。但许多年过去了,仍无成绩。有一次,他听人说,挤牛奶的姑娘和放牛的姑娘都长得很漂亮。这个说法引起了他的注意。他开始留意起那些牧牛姑娘的脸蛋来。在观察中发现:虽然牧牛姑娘不一定个个都长得漂亮,但她们中间却没有一个人是患过天花病而变成麻脸的。通过不断的观察和实验,他进一步发现了其中的奥秘。原来，牛身上有一种叫做"牛痘"的皮肤表层的痘疮，她们天天跟牛在一起，无意中染上了牛痘。人的体内对这种牛痘病毒产生了抵抗力，如果再遇到天花病毒，也会起到抵抗作用，所以就不会出天花了。

琴纳发现了牛痘的奥秘后，便有了一个大胆的设想：在人体上接种"牛痘"，以此来预防天花！

这是一个充满危险的计划！医学的对象是人，不是猫狗之类。由谁来作第一例接种"牛痘"的实验呢？万一实验失败，被实验的人就有生命危险，琴纳也难逃厄运。

琴纳的设想虽然得到许多人的赞同，但谁也不愿当他的"实验品"。琴纳狠了狠心，决定在自己的儿子身上进行第一例实验。

琴纳38岁结婚，到中年时才有了一个儿子，他十分疼爱自己的儿子，但为了医学事业，为了拯救人类，他决定冒一次险，在儿子身上做试验。朋友和亲戚纷纷前来劝他，要他放弃这一"残忍"的行为。琴纳的内心非常矛盾，他说服了妻子，在他做了自认为是万无一失的各种准备之后，给只有一岁半的儿子接种了牛痘。时间一天天过去，儿子身上并没有出现不良反应。以后的日子证明：儿子从来没有出过天花，他对天花产生了免疫力！实验成功了！

琴纳写下了第一篇有关免疫法的试验性论文。又经过好几年反复观察和实验，琴纳于1796年5月的一天，从一位挤奶姑娘的手上取出微量牛痘疫苗，接种到一个名叫菲普斯的八岁男孩身上。两个月后，他给菲普斯接种了天花浆液。结果，菲普斯并没有感染上天花，这证明他已确实获得了免疫力。

免疫法成功了！人类从此获得了抵御天花的有效武器。曾经猖獗的天花病毒，如今只是出于科学需要，才在美国、前苏联、南非各

57

智勇一生的发现故事

存一份。现代免疫学自豪地宣布：天花病毒已在地球上一去不复返了。

知识大智慧

天花(smallpox,variola)是天花病毒引起的烈性传染病，死亡率很高。但经推广牛痘接种和数年的世界性监测，世界卫生组织于1980年正式宣布天花已在全世界消灭。但需注意重新出现。

珍妮纺纱机

1764 年前后,英国的纺织业已非常发达。因织布用上了"飞梭",织布机的生产效率大大提高了,但纺纱还停留在原来的老式纺车操作方法上,效率提不高。在许多纺织厂里,一台使用"飞梭"的织布机需要的棉纱,由十几个女工纺纱都供应不上。于是,许多织布工只好失业,闲在家中。

这天早晨,纺纱女工海伦一起床,就坐在纺车旁纺起纱来。她的丈夫哈格里斯就是一个织布工,这天,他又在家里闲着。自从织布用上新发明的"飞梭"之后,哈格里斯就一心想对旧的手摇纺车进行改造。他望着妻子疲倦不堪的神态,心里升起了一股难于言表的怜爱。这下,改造纺车的欲望更强烈了。他做好早餐,催妻子快去吃,然后自己坐到纺车前,接替她纺纱。他一边纺着纱,脑子里却仍然想着改造纺车的事。这时,妻子走了过来,不小心把纺车碰倒了。妻子正要去扶纺车,却被哈格里斯挡住了。此刻,他被倒下的纺车所出现的一个并不异常的情景吸引了。纺车上原来水平纺锤变成了直立的,可直立的纺车仍然在转动。

哈格里斯对妻子兴奋地喊道:"有了!有了!纺车可以改直立式的!"妻子一时不明白他的意思,呆呆地看着他。这时,哈格里斯转动

59

智勇一生的发现故事

纺锤说:"如果在框架上并排立上几个纺锤,用一个纺轮带动它们同时转动,效率不就能提高好几倍吗?"

哈格里斯从前当过木匠,心灵手巧。很快,他做成了一架立式纺锤的纺车,在框架上装上八个纺锤,这样的纺纱机可顶得上十几架手摇纺车的效率。而且,所纺的纱细密均匀,强度也大。

他的发明,推动了英国纺织业的发展,他把第一架纺纱机自豪地以女儿珍妮的名字命名,这就是世界科学发明史上著名的"珍妮纺纱机"。

智勇一生的发现故事

小知识大智慧

哈格里斯夫英国工业革命时期珍妮纺纱机的发明者。原为兰开夏的织工。1765 年发明以他女儿珍妮命名的纺纱机,是手摇纺纱车从一人纺 1 至 2 个纱锭提高到一个人可纺 8 至 18 个纱锭。大大地提高了劳动生产率。

发电机的诞生

在工业上，离不开发电机。发电机的发明，经历了许多科学家的艰辛努力。而打开电学之门，为现代电工学奠定基础的是英国人法拉第。

1791年，法拉第出生于伦敦郊外一个贫苦家庭。父亲是位铁匠，为养家糊口，法拉第13岁当了报童。后来又当了订书工人。当时，科学界已有不少前辈证实了电磁的存在。凡是铁与钢被环绕着一根通过电流的铁丝，使它成为磁铁，这就是"电磁铁。"

这一发现引起了自学成材的法拉第的强烈兴趣。他找来了电池、铁丝、磁针，亲自动手做了这个实验。这是人类发明史上最有趣的"魔术"。

当铁丝一通上电流，铁丝附近的磁针就被无形的"魔力"引向一边，而通电铁丝放在磁针上面时，磁针偏向一边，放在下面，磁针就会向反方向偏去……

有位著名科学家，名叫戴维，他热心帮助法拉第，使他在前人研究成果的基础上，于1821年发现了电和磁的另一相反现象，这就导致了"感应电流"的产生。他接着想：既然通电可以产生磁铁，那么，为什么不能用电磁铁产生电呢？于是他决心要反过来试一试，转磁

61

为电！"

1822 年的一天，他把磁石安插在一个铜丝圈内，又用一根通了电的铁丝，靠近一根未通电的铁丝。他反复调试，不停地变换着铁丝与磁石的各种联系形式，终于弄清了电与磁的关系：电流通过时，铁块成了磁铁；电流停止时，磁力消失。

又经过将近 10 年的研究，1831 年 10 月 17 日，法拉第把一块圆形磁石插入绕有铜丝圈的长筒内，忽然电流计上的指针动了起来，他又迅速地将磁石抽出来，指针晃了几下。

为了证实刚才的实验结果是否真正可靠，他把磁石反复在铜丝筒里插入、拔出，一连试了好几次，他才真正相信，电流计确实随着磁石在铜丝筒内的移动而显示出电流的存在。

这样，他的试验终于成功了！法拉第不由地欢呼起来。

于是，他得出了这样的结论：运动是产生感应电流的必要条件，金属必须交切磁力线，才能产生感应电流。

法拉第发现了感应电流之后，接着就创造了一部发电机：他将一个铜圆饼嵌在一块恒磁石的两极之间，铜饼的周围粘连着许多铜条和铅条，当铜饼转动时，便产生了接连不断的电流，这就是最早的发电机。

法拉第为人类打开了电源的大门，这就是人类通向电气化的起点。

小知识大智慧

法拉第是著名的英国物理学家和化学家。他发现了电磁感应现象，这在物理学上起了重要的作用。1834年他研究电流通过溶液时产生的化学变化，提出了法拉第电解定律。这一定律为发展电结构理论开辟了道路，也是应用电化学的基础。

最早的自行车

当今之世，最简便、最经济、最灵活、最适用的交通工具，莫过于自行车了。现在，自行车像潮水一样，遍及世界各地，进入千家万户。但你知道最早的自行车是谁发明的吗？

发明者不是科学家，连技术员也不是。他只是个守林人，名叫德莱士。

德莱士是德国巴登人，1813年间，他在一片林区当森林监督。他整年累月地在茫茫林区奔走。风餐露宿，十分辛苦。有一天。德莱士在森林里走累了，就坐到一根被伐倒的圆木上休息。他唱着歌，身子不由前后来回晃动着。唱着，晃着，身下的那根圆木便随着他身子的晃动而来回滚动……德莱士常年在山地林区工作，"滚动"的现象对他来说并不陌生。他见到过，无论是山石还是圆木，只要滚动起来，朝前运动的速度就会成倍地增长着。此刻，他看着眼前的景象，一个新奇的念头在他的脑海里闪耀：要是利用滚动的原理制造出一种既不用任何燃料，又方便灵活的车子来帮助自己行走，该多好啊！

回到家里，德莱士动手研制起这种滚动式车子。不几天，他制造了一部车子。这车子有一个木架，架子中间有一个座椅，座椅前安上一个把手，木架的下面一前一后，有两个可以滚动的轮子。

当天，他就坐着这带轮子的木架车子在大道上飞快地奔跑着。这车子的速度非常快。几个年轻人拼足力气跟在后面追他竟然追不上。只见他手扶把手，两脚一左一右的不停地蹬地，仿佛划船一样。由于脚的蹬动，两个轮子便飞快地滚动起来，载着德莱士快速向前。显然，骑这种车子要比一般人跑得快和省力得多，特别是下坡的时候，不用脚蹬地，车子照样可以快速前进。

德莱士给自己发明的车子起名叫"奔跑机"，这就是世界上最早的自行车。

1817年，当德莱士第一次骑这种自行车旅行时，一路上遭到人们的讥笑。但20年后，自行车已成了大众化的交通工具。

65

小知识大智慧

中国人自行车的始祖是我国公元前500多年的独轮车。清朝康熙年间（1662—1722年），黄履庄曾发明过自行车。《清朝野史大观》卷十一载："黄履庄所制双轮小车1辆，长3尺余，可坐1人，不需推挽，能自行。行时，以手挽轴旁曲拐，则复行如初，随住随挽日足行80里。"这就是世界上最早的自行车。

智勇一生的发现故事

鹦鹉报警

在现代战争中，飞机、导弹是重要武器。为了防止敌人的突然袭击，雷达是少不了的防空装备。在第一次世界大战时期，世界上还没有发明雷达。

那时候，英军阵地、经常遭受德国飞机的轰炸，为了预报敌机的到来，只能依靠哨兵的对空监视。然而，人的耳力和目力毕竟很有限，因此，英军阵地时常遭到德机的突然袭击，损失惨重。就连英军司令部也受到了德机的威胁。

英军司令部有个勤务兵，名叫琼斯，他喜欢养鹦鹉。就是在战场上，他也把那两只心爱的鹦鹉随身带着。

每当敌机来临，琼斯在指挥官们躲进防御工事后，便去照料他的鹦鹉了。奇怪的是，每次空袭之前，两只鹦鹉总是早早地就钻进笼子里，还"喂喂喂"地发出一阵阵警叫。时间一久，琼斯受到鹦鹉的提醒，每当看到两只鹦鹉惊叫着从外面飞回来时，就知道敌机快来了。

他把这奇怪的发现，讲给前线司令爱德蒙将军听。爱德蒙将军听了，很感兴趣。他详细地询问了一番，拍拍琼斯的肩膀，说："好，你的伙计们可以充当我们的报警员了，我正愁没办法预测德国轰炸机呢。"

就这样，琼斯接到了一项特殊任务——专门训练他的鹦鹉，在空袭前给司令部报警。

两只鹦鹉不负厚望，每当德机刚一出现，它们就会迅速飞到司令部里叫道："来了，来了。"

琼斯训练的两只鹦鹉，成了活"雷达"，为保护英军司令部免遭德军空袭立了大功。

小知识大智慧

鹦鹉能言是众所周知的。当然除鹦鹉外，鹩哥、八哥也能学人语。能学人语的鸟首先是善于仿效它鸟的鸣声，自己又善鸣叫的种类，其次是口腔较大且舌多肉、柔软而呈短圆形。除此之外还具备性情温顺易驯、不羞涩的特点。

67

青霉素的发明

　　英国有位生物学家，名叫佛雷明。这人虽是科学家，做事却总是丢三落四的。1928 年秋天的一天，佛雷明来到地下实验室观看培养液的葡萄球菌。他发现，有一杯培养液中长出了一簇绿色的霉菌。原来，佛雷明昨天下班时一时疏忽，忘记在这杯培养液上加盖。霉菌落入培养液，一夜工夫，就长出了绿色的菌毛，有了杂菌，好不容易培养的细菌就没有用了。佛雷明不由埋怨自己的粗心。他正要倒掉这杯金黄色葡萄球菌时，突然发现，霉菌附近的溶液变得十分清澈。放在显微镜下一看，可恶的细菌全部死亡了。他感到眼前一亮：霉菌在一夜之间杀灭病菌，这不是一种很有希望的杀菌剂么？他立即收集、培养起霉菌来。他把很快繁殖起来的霉菌溶液滴入葡萄球菌培养液，几个小时后，葡萄球菌全部被消灭。他想试试霉菌的杀菌能力究竟有多大，又把霉菌培养液稀释，结果发现稀释到 800 倍时，还是有很强的杀菌作用。佛雷明想，霉菌还能战胜什么病菌呢？他让霉菌与链球菌、肺炎球菌、白喉杆菌等细菌交战，结果霉菌都能将这些细菌置于死地。

　　霉菌是利用什么武器来杀灭细菌的呢？佛雷明从大量霉菌液中提取到了一些白色结晶，用它的溶液注射到病畜身上。病畜居然恢复了健康。对动物有效，不一定对人也有效，还要做试验后才放心。一天,佛雷明的助手的手指被划破后被细菌感染,肿胀得很厉害。佛雷明说,我有一种新药,也许可以对付它。他就给助手在伤口处涂抹了提取到的白色结晶体,第二天,这位助手伤口的红肿消退了。

就这样,经过反复研制,一种消灭病菌的有效药青霉素诞生了。自它诞生之日起,不知救活了多少人的生命。

小知识大智慧

青霉素是一种高效、低毒、临床应用广泛的重要抗生素。它的研制成功大大增强了人类抵抗细菌性感染的能力,带动了抗生素家族的诞生。

69

智勇一生的发现故事

消除浓雾

飞机的起飞和降落，最重要的是要看清跑道。若是大雾笼罩，那就没法起飞和降落了。

第二次世界大战期间，德国和英国交战，常常展开空战。英国的飞机需要不断出击，但英国是一个多雾的国家，白茫茫的浓雾，常常笼罩机场，使飞机不能起飞、降落，怎么办？

有个叫詹姆斯的工程师，他经过多次试验，采取地面加热的办法，通过燃烧，使地面气温升高，从而使雾滴蒸发，提高能见度。他们在机场的跑道两旁安装管道，管道上每隔一定的距离凿开一个小孔，然后用航空汽油从管道的小孔内喷出来，点火燃烧。

这样，机场上就出现了一个个小小的火炉在不断地加热空气，使雾消散。

1943 年 11 月，英国第一次用这种方法在浓雾笼罩的机场内，显出了一条明显的跑道，使飞机在完成飞行战斗任务后，能够胜利着陆。

在第二次世界大战中，英国一直采用这种方法。使战斗机和轰炸机安全起飞着陆，为打败德国法西斯作出了贡献。

小知识大智慧

　　世界上最长的飞行跑道位于美国新墨西哥州霍洛曼空军基地,这里的跑道长度达 16 千米,是美军进行测试飞行的高速跑道。这条跑道不但是世界上最长的飞行跑道,而且在这里还创造了当前最快地陆地行驶速度,在 1982 年美国空军进行的一次测试中,测试用飞行器在陆地上的行驶速度达到了9 852 千米/小时,这一纪录至今尚无人打破。

71

智勇一生的发现故事

蚂蚁识路的秘密

在昆虫中，蚂蚁是最小不过的了。但这针眼大的小东西，却有许多令人难以理解的特性。比如说，它为什么能找到食物？又为什么那么合群？路途遥远，它又是怎么认识路的？

一般人对此只是有个疑问而已。但也有人专心致志地要解开这些谜，为此，对蚂蚁进行了研究。美国的威尔逊教授，就是整天蹲在地上，观察蚂蚁的人。

这一天，威尔逊又蹲在地上观察蚂蚁了。这是一个好天气，蚂蚁们匆匆忙忙地东奔西跑，寻寻觅觅。有时排成一条条长龙，有时好像散兵游勇。蚂蚁们忙碌地来来往往，络绎不绝，时而互相之间不断地碰碰头，像是在打招呼，又像是在传递着什么好消息。或许是发现了一张糖纸，或许是找到了一条小虫子。传递完信息，它们又急急忙忙地赶自己的路。它们无论是单独行动还是全体出动，都是为生存而搬运食物……

威尔逊在离蚂蚁窝不远的地方放上一点糖。不一会儿，被一个负责侦察的小蚂蚁发现了，它在糖粒上稍稍停留了一会儿。

威尔逊取出放大镜，只见它尝了尝，然后马上匆匆忙忙地回窝里传递这"重要情报"去了。

很快,一支浩浩荡荡的蚂蚁大军朝着放糖的方向爬来了。这支队伍很自觉地遵循着那只报告消息的蚂蚁回窝时走过的路线前进。即使有的蚂蚁在仓促中偶然离开这条路线,但没走多远,赶紧又回到那条路线上来。

威尔逊有意在它们通过的路线上划一道沟。后面的蚂蚁走到这里来时,像是走到了河边不知怎么过河似的,左试试,右探探,摸索着向前走去。转了几个方向之后,它们终于又找到了应该走的路线。

威尔逊又在这条路线上放了一块大石头,挡住了蚂蚁们的去路。开始,蚂蚁们乱作一团,纷纷逃散,但它们没有半途而废。往四处探路的蚂蚁开始出动。有只蚂蚁找到了被石头隔断的线路的那一端,那只蚂蚁马上又奔回来"报告"。于是,被阻断的路线又接通了。

威尔逊趴在地上,用放大镜仔细观察,终于发现,蚂蚁能从肛门排泄出一种特殊的分泌物——示踪激素,把这种"路标"撒在走过的路上,形成一条特殊的"小径"。出巡侦察的蚂蚁一发现食物,在回来的路上就撒下了它们的"路标"其他的蚂蚁一嗅到这带有特殊味道的分泌物气味,自然就找到了要走的路线。

威尔逊的发现对人类会有什么贡献?这很难说,因为发现一种新事物或新现象,只是科学发明的开始,说不定小蚂蚁的这种本能将对人类有重大的贡献。

73

智勇一生的发现故事

小知识大智慧

如果某只工蚁发现食源后,即在回来的路上边走边释放追踪素；如果没有找到食物，它返回的地方就不留下追踪素。因此，食物越丰富，被引来的蚂蚁越多，路上留下的追踪素也越多。追踪素是一种易挥发的物质，只要不加强就很快会消失。追踪素具有群体特异性。追踪素是易挥发的物质，只要不加强很快会消失。而且追踪素具有群体特异性，不至于其他巢的其他种类的蚂蚁混淆。显然这是一种生存适应。

橡皮头铅笔

在铅笔上加个橡皮头,这就是使用方便的橡皮头铅笔。看来十分简单,似乎用不着思考就自然出现的。其实不然。

美国佛罗里达州有个画家,叫李浦曼,他的生活相当困苦,是个穷画家。他穷得连画布、画纸都买不起,手头的笔和画架,以及所用的画具都是些破烂货。然而,他并没有放弃自己的艺术追求,每天坚持作画,常常画到天亮。

有一天,李浦曼正专心致志地画一幅素描。他仅有的一枝铅笔已经削得很短很短了,他必须捏着这支铅笔头把画作完。画着画着,他发现画面要修改一下。于是,他放下笔,在凌乱的工作室里寻找他仅有的一小块橡皮,他把需要修改的地方擦干净后,发现那支活见鬼的铅笔头又失踪了;他找了这个,丢了那个,找来找去,耽误了不少时间;李浦曼耐住性子,终于找到了那截铅笔头。一气之下,他决定把橡皮和铅笔头绑在一起,叫它们谁也跑不掉!于是,他找来一根丝线,把橡皮缚在铅笔的顶端,这样,铅笔似乎长出了一些,但用起来却方便多了。可是,没用几下,橡皮就掉了下来。穷画家发了狠心:一定要把这淘气的橡皮头牢牢地固定在铅笔头上。为此,他竟然连画也不画了,发着倔劲干了好半天,想了种种办法固定这块橡皮头……最后,他终于想出了一个好办法：用一小块薄铁皮，把橡皮头和铅笔的一头包起来。

这就是今天人们所使用的带橡皮的铅笔，这成了他的专利。

不久，著名的 RABAR 铅笔公司用 55 万美元的巨款买下了这个专利。李浦曼由一个穷画家而成了发明家和大富翁。

智勇一生的发现故事

小知识大智慧

在中世纪，人们用铅和银棒写字，这种工具与其说是在写字，不如说是在刻字。到了 15 世纪，意大利制造出第一根铅锡笔芯，英国在 1658 年发现了石墨矿，它使写字工具发生了一场革命，尽管这种笔当时非常昂贵。

富尔敦造轮船

　　轮船是当今社会必不可少的交通运输工具。可你知道,轮船是谁发明的?这里有个有趣的故事。

　　19世纪初,美国有位工程师,名叫富尔敦,是他发明了轮船。

　　富尔敦小时候读书不太用功,可图画画得挺好。玩耍的时候,很会动脑筋,碰到有什么难题,就喜欢琢磨一番,直到难题解决了才罢休。

　　有一天早晨,富尔敦划着小船去钓鱼。船划到半路上,遇上了大风,划起很费劲。他想:"怎么样才能使划船不费劲呢?船儿为什么顶风就划不动?有没有顶着风也能行船的办法呢?"

　　第二天,富尔敦又到河边去玩。他坐在一只空船的船尾,又琢磨起昨天想到的那些问题。他两只脚不停地在水里捣动,不知不觉,小船已经荡到河中心了。这奇怪的现象引起了他的兴趣,他就使劲地抖动双脚。他发现,两只脚在水里不停地捣动,就能把船划动了。

　　富尔敦想:能不能用机器来代替两只脚的捣动呢?要是在船上装一个风车似的桨叶,使桨叶在轮子上不断转动,这不是像双脚捣水一样,能使船前进吗?

　　虽然富尔敦会画画,能画出一个带桨叶的轮子来,但光靠画图画

77

智勇一生的发现故事

还不行。还要懂得数学、物理以及其他许多科学知识。这时,富尔敦才后悔没把各门功课学好。从此,他用心学习,还专心地学习造船的科学知识。后来他终于在 1807 年,造出了世界上第一艘轮船。

小知识 大智慧

1807 年 8 月 17 日,是世界造船史上的一个光辉灿烂的日子。在美国纽约港,世界上第一艘轮船试航,这艘命名为"克莱蒙特号"的轮船是由美国发明家富尔敦设计和制造的,船长 38.1 米,宽 7.87 米,本次试航的成功,轰动了全球,为世界造船业开辟了一个新纪元。

智勇一生的发现故事

78

捕捉电的人

夏季多雷雨天气。每当天上电闪雷鸣时,地上的一些建筑物或树木,常会被雷电击中,有些倒坍,有些被烧毁。早在 200 多年前,人们还没摸清产生雷电现象的原因,一些迷信的人就说这是神灵在惩罚罪人。尽管当时也有人不相信这种迷信说法,可又无法解释这种现象。美国有位科学家叫富兰克林,他决心要解开这个谜。为了证明打闪到底是不是电,他想了个办法,决定在打闪时用风筝来测试。因为水能导电,如果闪电真是电的话,它就会沿着被雨水淋湿的风筝线传下来。

在一个天昏地暗,暴雨将临的日子,富兰克林同他的儿子来到野外。他们把用大绸手绢扎的风筝放上了天空。

一会儿,下大雨了,他们走到附近一间房子跟前,把风筝线系到一根木桩上,又在线头上拴上一把金属钥匙。

这时,风筝飞进一块雷电云中。电光闪闪,雷声隆隆。突然,风筝线直挺挺地竖立起来,像是有股什么力量在吸引它。富兰克林试着摸了摸线上的那把钥匙。"哎呀!"他大叫一声,急忙拿开了手,又是紧张又是兴奋地说:"我触电了! 但我们证明了:闪电就是电!"幸亏当时闪电很弱,不然他就被烧焦了。

根据这个实验,富兰克林发明了避雷针。这是一种保护高层建筑免遭雷击的装置。在建筑物的顶端安装一根金属棒,地下埋一块金属板,然后再用金属线把它们连接起来。这样,当雷电接触建筑物时,强大的电流就会沿着避雷针上的金属线跑到地底下去,而不会对建筑物造成毁灭性的破坏。

这就是现在大家都知道的避雷针。

小知识 大智慧

本杰明·富兰克林(1706—1790 年),美国革命时期的资产阶级民主主义思想家,杰出的政治活动家,卓越的科学家。他是美国 18 世纪仅列于华盛顿之后的最著名人物。

电报的来历

电报是当今人类通讯的重要手段之一。它不仅用在日常生活中，而且还用它来和地球之外的宇宙联系。

要说起电报的发明者，当首推美国画家莫尔斯。他虽不是最早发明电报的人，但是由于他对电报的改进，使人们引起了对电报的重视，使电报走出实验室，运用到实际通讯中去。

莫尔斯是位画家，他原先对电学一无所知，是强烈的兴趣和创造欲使他从一位画家成为一位发明家的。

这是 1832 年 10 月的一天，莫尔斯到法国去旅行。他乘"萨利号"邮客轮从法国返回美国时，住在一个二等舱里。

轮船在海上要航行好多天，海上的生活非常枯燥和乏味，旅客们常坐在一起，借闲聊打发时光，餐厅也常常成了人们聚会的好地方。

这一天，用完餐之后，人们聊天的聊天，打牌的打牌，莫尔斯津津有味地在听一个名叫杰克逊的人讲他的欧洲之行。

杰克逊到巴黎参加了一个电学讨论会，为了与大家共同消磨时光，他从包里取出一件新鲜"玩意儿"，摆弄给大家看。只见他把几只铁钉放在桌上，然后取出一只绕了绝缘铜丝的马蹄形铁块。

当他把铜丝接通电池时，桌上的铁钉竟然像着了魔似的全被吸到铁块上。杰克逊把电断开,铁钉都掉了下来,再通电,铁钉又被吸住了。他还像魔术师似的在一旁解释:"先生们,不论电线有多长,电流都可在一瞬间通过。由于这一发现,我们的生活将为之改观!"

当时,船上所有的旅客,只是看看而已,谁也没有去多想。但莫尔斯却为之动心了。他回到船舱之后,反复地回想着杰克逊的小实验,想着他有关电学的种种话题。他决心把这神奇的现象运用到人们的实际生活中去,使电流为人类服务。他想,如果把电流用于信号传递,一定大有用武之地。

回到纽约后,莫尔斯决定改行开始研究起电信号的传递。对一个 40 多岁的中年人来说,改行是一种冒险的、极不靠谱、自讨苦吃的事。

一切都得从头学起。困难一个个向他袭来,但他没有回头。莫尔斯勤奋地学习起有关电学的知识,一边搞起实验来。那时候,电学是门刚出现的新学科,一切都不完备,找不到需要的实验器材,哪怕是现在看来很简单的电器小零件。莫尔斯一边做实验,一边还得动手制作各种需要的零件。他花了整整 4 年时间,几乎把自己的全部精力都扑了上去。

1844 年 5 月 24 日,莫尔斯的心情非常激动。华盛顿市到巴尔的摩市之间的电报线完工了,他将在美国国会大厦最高法院的议会大厅里向各界来宾表演他发明的电报机。他将在这里把电文传到 40 英里外的巴尔的摩市。随着"嘀嘀,嘀嘀,嘀嗒——"莫尔斯用自己发明的电码(现在称莫尔斯电码)发出了人类有史以来的第一份有线长途电报。这份电报只有一句话"上帝创造了何等的奇迹"。

这句话,也是对莫尔斯的最高赞赏!美国纽约市政府,还在中央公园为他塑立了雕像。

知识大智慧

电报的发明,拉开了电信时代的序幕,开创了人类利用电来传递信息的历史。从此,信息传递的速度大大加快了。"嘀—嗒"一响(1 秒钟),电报便可以载着人们所要传送的信息绕地球走上 7 圈半。这种速度是以往任何一种通信工具所望尘莫及的。

83

爱迪生聚光

爱迪生是世界著名科学家,1847年,他生于美国。在他84年的生涯中,有1000多项发明。人称"发明大王"。爱迪生从小家庭贫困,他只上了3个月的小学,就失学了。他母亲当过教师,他就在母亲身边自学。

一天傍晚,爱迪生回到家,听见妈妈在床上痛苦地哼着。妈妈的床头点着一枝蜡烛,床边站着一位医生。他连忙问医生:"我妈妈病了?"

医生说:"孩子,你妈妈得了急性阑尾炎,得马上动手术。"

爱迪生家里很穷,哪有钱去医院呀?妈妈请求医生在家里为她动手术。善良的医生同意了。但他看看窗外,见天色越来越黑,为难地说:"在房间里太暗,我看不清。"

妈妈只好说:"那么,就等明天早晨动手术吧!"

医生摇摇头说:"只怕时间拖久了,你的病情会加重啊!"

爱迪生吓得连忙央求道:"医生,您就开刀吧,我拿着蜡烛,为您照亮。"

医生说:"不行,要是蜡烛油滴在伤口上,就麻烦了。再说,这几支蜡烛,光线还不够亮啊!"

爱迪生想，要是把光线聚合到一块多好啊！想到这里，他把大衣柜上的镜子拆下来，又到邻居家借了三面大镜子和一些蜡烛。他把这些镜子和蜡烛加上油灯放在床四周，然后挨个调整好，使镜子里反射出来的光聚合在一起，这样，光线既充足又柔和。

医生望着这个刚布置起来的奇异的"手术台"，不由惊呆了。他立即动手准备，很快做完了手术。

爱迪生以自己的聪明才智，救了母亲。

小知识大智慧

85

爱迪生是举世闻名的美国电学家和发明家。他除了在留声机、电灯、电话、电报、电影等方面的发明和贡献以外，在矿业、建筑业、化工等领域也有不少著名的创造和真知灼见。爱迪生一生共有约 2000 项创造发明，为人类的文明和进步作出了巨大的贡献。

智勇一生的发现故事

神奇的凡士林

有种药膏叫凡士林，它有好多种用途。

说起凡士林的来历，颇为有趣：它是从废物堆里提炼出来的，它的发明者名叫切斯博罗，是美国纽约的一位年轻药剂师。1859 年，当时他 20 岁。这年，他到新发现的油田去参观。

他发现石油工人非常讨厌"杆蜡"。他跟工人们聊天时得知，杆蜡是油井抽油杆上所结的蜡垢，是一种毫无用处的废物。工人们必须经常清除这种废物，才能使油杆有效地工作。

切斯博罗问："这东西果真一点儿用处也没有吗？"

工人们告诉他，杆蜡对钻井或许毫无用处，但用它来治疗灼伤和割伤倒还有点用。因为有许多工人手弄破了，涂些杆蜡就好了。

切斯博罗听了，心中为之一动，就收集一些杆蜡的样品带了回去。

他花了整整 11 年的时间，终于从这些石油渣滓中提炼出一种油脂，并把它们净化成半透明的膏状物。但这膏状的油脂有什么用呢？他继续研究。

有一次，他的手腕碰伤了，找来一盒药膏准备敷伤。可他打开药盒时，发现药膏变质了，上面有绿色的霉点。他向药剂师打听，药剂师告诉他，药膏是用动物油和植物油调制的，时间长了就要腐坏。切斯博罗听了,顾不得请药剂师为自己敷伤,捂着手腕就往回跑。他弄来一些药物,开始了用杆蜡净化油膏调剂药膏的实验。第一个被试验的对象就是他自己。他涂上药膏的手腕很快就养好了伤。他曾不止一次地把自己割伤、刮伤、烫伤,看看这种药膏对不同伤口的作用。

1870年,他完成了他的研究,建立了第一座制造这种油膏的工厂,并将产品命名为"凡士林"。

小知识大智慧

87

凡士林是 vaseline 译音,一种油脂状的石油产品。白色至黄棕色允许有矿物油气味,而不允许有煤油气味。滴点约37～54度。是由石油的残油经硫酸和白土精制而得,也可以由固体石蜡烃和矿物润滑油调制而成。除去可作润滑剂、绝缘剂、化妆品、药用油膏、浸润和灌注电容外,当然可用于防锈、和防水剂。

可口可乐的来历

  还没有哪种饮料，像可口可乐这样风行全球，受到亿万人的喜爱。据说，可口可乐的配方是绝对保密的。但追本逐源地考究起来，可口可乐的产生，是因为一个药店的小伙计，错配了药方而产生的。

  这家药店的老板叫约翰·潘伯顿博士。他在美国佐治亚州亚特兰大市开了一家药店。此人思维敏捷。有一次，他在一份医学杂志上看到一份资料，上面说：1884 年，美国医生柯勒发现古柯树里有一种被称为古柯碱的物质可以用来止痛。潘伯顿记住这件事，他经过多次实验，最后用古柯树叶和柯拉树籽作原料，配制成了一种专治头痛的药水。把"古柯"和"柯拉"两种名称连读，潘伯顿博士就把这种药水命名为"古柯柯拉"。

  1886 年 5 月的一天中午，潘伯顿博士在后面午睡，让一个小伙计守店堂。

  在药店附近住着一位贺斯先生，贺斯先生得了头痛病，急着到店里来买"古柯柯拉"。小伙计到药柜里取药时，发现潘伯顿博士配制好的药水没有了，只剩下一个空瓶子。这位伙计平时常看潘伯顿先生配药，一般的常用药也知道如何配制。因为顾客急着要用药，他就顺手拿了一瓶其他治头痛的药水，配上苏打水糖浆，给了贺斯。

过了一会儿，又来了一位顾客，对伙计说："我是贺斯的朋友，刚才喝了贺斯买的药水，觉得味道不错，又能解渴，所以特意来再买几瓶。"

小伙计再也想不起刚才是用哪几种药方配制那种药水的，他手忙脚乱地搞了半天还是配不出药水来。顾客不满地敲起了柜台。潘伯顿博士闻声赶来。小伙计怕潘伯顿责怪自己乱配药，就随口撒谎说："先生，顾客要买古柯柯拉，可是药水全卖完了。"潘伯顿请顾客稍等一会儿，立即赶回实验室配制了一瓶古柯柯拉药水。

可是，当新配制的药水送到顾客手里时，他喝了一口，就连连摇头，坚持说："这不是我刚才喝的药水，您搞错了！"无论潘伯顿怎样向顾客解释"这是地地道道的古柯柯拉"这位顾客都不相信，仍坚持说："我只要喝贺斯配的那种深红色的药水。"

顾客不满地走了。潘伯顿博士追问小伙计，终于弄明白是他配错了药。潘伯顿博士是个有心人，顾客喜欢喝"深红色的药水"这事启发了他。他想：如果我研制出一种同类的饮料，不也能吸引许多人吗？想罢，他马上回到实验室，开始了"深红色饮料"的研制工作。

日子一天天过去了，潘伯顿博士经过无数次的反复配比，一个月后，他终于配成了一种味道奇异，又非常可口的深红色饮料。因为它的出现是错配了"古柯柯拉"引起的，所以，潘伯顿博士就把它叫做古柯柯拉，而中国高明的翻译者，就译成了"可口可乐"。

89

智勇一生的发现故事

小知识大智慧

潘柏顿的合伙人罗宾逊，是一位精明的推销家，他从糖浆

的两种成分,激发出命名的灵感。这两种成分就是古柯
(Coca)的叶子和可乐(Kola)的果实。罗宾逊将 Kola 的 K 改
为 C,然后在两个字的中间加上一横画,于是Coca—Cola 便诞
生了。

"偷懒"的动力

"偷懒",往往被人们作为不负责任或是不道德的行为。殊不知,偷懒在某些人身上,会产生发明的动力,为人类造福。

美国费城一家出版公司有个小伙子,名叫杰朗。他是个打字员,每天都干着千篇一律的工作:把收信人的姓名和地址分别打在信封和信纸上。

全世界有千百万人都从事着这种单调、乏味但又必不可少的工作。

杰朗是一个性格开朗、精力充沛、饱含生活情趣和工作热情的人,他决心在自己这单调乏味的工作中,去寻找乐趣和新意。

于是,他产生了一种"偷懒"的念头:想法把重复劳动简化一下,使自己的工作做得又快又好,节约出时间用于学习和娱乐。

这天,一个既巧妙又简单的"偷懒"设想在他的脑海里萌发了。他想,我重复地将收信人的姓名、地址分别打在信封和信纸上。如果我只在信纸上打一次收信人的姓名和地址,而在信封上打收信人地址和姓名的地方剪一个小窗,贴上透明纸,不就可以省一半时间和人力了吗?

下了班,他就开始用空白纸和信封做起了试验。开始几次,"小

智勇一生的发现故事

"窗"的位置开得不准确,常常挡住信纸上的字,这样会给邮局和收信人带来很多麻烦。他又重新开了几个不同位置的"小窗",并且,折叠信纸时,相应地把地址和姓名按统一的折叠样式显露在"窗口"前。他试了一次又一次,直到天黑,才满意地完成了自己的"偷懒"成果。

几天之后,他把自己的设想和样品向公司经理提了出来。对于他的"偷懒"行为,公司经理大为赞赏,很快,他的建议得到了采纳和推广。

杰朗的发明虽不起眼,然而,他的这个小发明所带来的好处是全球性的。邮电部门的电报,在电文和电报封皮的处理上,也采用了这种方法,这就是塑料透明电报封皮的由来。试想,他的这一小小发明,为全世界节省了多少人力和物力啊。

小知识大智慧

偷懒是人的天性,每个人不仅是学生都具有的天性,也是人类社会得以前进的动力。很多发明都源自"偷懒",人们懒于行走于是发明了各种代步工具;但是在实际生活中,人们所受的教育告诉我们偷懒是坏习惯,所以很多人羞于承认自己是偷懒的。

中学生的建议

飞机在空中高速飞行,最危险的是与飞行中的鸟儿相撞。别看鸟儿不大,但由于它和飞机之间的相对运动速度很大,万一撞上,犹如被炮弹击中,常常撞得机毁人亡。在世界上,曾多次发生过这种惨祸。

为了设计坚固的防风罩,美国一家飞机制造厂的设计人员经过反复实验,终于找到了比较理想的材料。可是在高速飞行中,它能不能承受飞鸟的撞击呢? 这一定要经过实验才知道。可是,总不能开着飞机朝鸟群去撞啊! 设计师们苦苦思索,仍找不出一个妥善的办法。

设计师为此日夜思索,即使回到家里,也焦急得坐立不安。

设计师的儿子是个中学生,当他得知父亲为此烦恼时,便说:"爸爸,我有个好主意!"

爸爸一听,忙问:"你有什么好主意?"

儿子说:"你们可以用鸡肉当鸟儿,用机关炮朝这种新材料发射这个鸡肉炮弹,因为这种炮弹可以达到飞鸟和飞机相撞时的高速度。

设计师一听,觉得有道理。他饭也顾不上吃,连忙赶回研究所,和助手们反复推算,一致认为这办法可行。

最后,经过实际试验,终于鉴定出用这种防风罩,是能承受鸟儿撞击的。

小知识大智慧

　　飞机在高速度的飞行情况下，一只鸟也可以把飞机撞出个大窟窿。如果是一群鸟，那飞机和撞墙区别不大，就像人从高空往海里跳，一样会摔死，和从高楼跳下来没区别。

奈克运动鞋

人们穿的鞋子，可谓五花八门，各式各样，多得数也数不清。就运动鞋来说，就让人难以计数。近年来，在世界流行的奈克运动鞋，却独树一帜，格外受人欢迎。因为它穿在脚上舒适、轻松，且有弹性，难怪它能迅速打入国际市场了。

这奈克鞋是怎样发明出来的？说来有段故事。

美国的尤金市被称为"跑的中心"，这里以田径运动发达而闻名于世。这给体育用品的制造和销售提供了良好的基础。运动鞋大王奈克公司总部就设在这里。而发明奈克鞋的却不是鞋匠，而是一位名叫威廉·德尔曼教授发明的。

威廉是俄勒冈州立大学体育系教授。1972年的一天，威廉教授正在家中做饭。他在烤饼时发现，用传统的带有一排排小方块凹凸铁板压出来的饼，不仅好吃，而且很有弹性。这一发现，使这位体育教授十分欣喜。因为长期以来，他一直考虑如何改进运动鞋的弹性，这次发现给了他很大的启发。他想：如果鞋底能像饼的做法一样，把烤过的橡胶压上去，鞋子不就更有弹性了吗？

威廉教授是个想做就做的急性子人。他立即放下煎锅，动手做起实验来了。他先找了一块橡胶进行加工，压出有一排排凸凹小方块的

95

形状,然后他把这样两块橡胶钉在女儿的鞋底上,叫女儿穿着试试。女儿走起路来感到十分轻松,富有弹性,女儿竟不肯再把那两块橡胶剥下来,就去上班了。女儿的喜爱,使威廉教授信心倍增,他就正式开始对运动鞋加以改进,不久,一双既有弹性又能防潮的奈克运动鞋终于研制成功了。

奈克公司将这一"拳头产品"销往世界各地,大受消费者欢迎。

小知识大智慧

鞋起源于何时?又是由谁发明的呢?现在无从考证,但历史表明,我国不仅是服装文明古国,也是制造鞋的文明古国。大约在5000年前的旧石器时代,原始人在用骨针缝制兽皮衣服时,也缝制兽皮鞋子,用以护脚,追寻猎物。鞋,是履、靴、鞋、屐的统称,古时称鞜(音榻)、靸(音洒)或履,也有称为履(屦)、屩、屐、鞮(音低)。

电木的来历

电木对人们来说，既熟悉，又陌生。说它陌生，这名称奇怪，何为电木？

说它熟悉，因为电木几乎家家有，天天用。

电木，是用苯酚和甲醛合成的一种塑料，质地坚硬，表面光滑，主要用作电器绝缘材料。电灯灯口、开关的外壳都是电木做的。收音机、电视机用的插座也是电木做的。电表、电闸等一些电器仪表的外壳也多半是用电木做的。说来有趣，它的发明竟同一只懒惰的猫有关。

1906 年，美国著名化学家贝克兰正在研究一种新的有机物质，它是一种半透明的液体。可近几天来，贝克兰一直心神不安，他家里的老鼠搅得他简直无法工作。而他家的猫又非常懒惰，有时候老鼠从他身边跑过，它都懒得去捉。这样，老鼠变得愈来愈多，胆子也愈来愈大。

贝克兰被老鼠骚扰得更加不得宁静了。

这天晚上，贝克兰决定要狠狠治一治老鼠，他在实验室的桌子上安了一个捕鼠器，里面还放了一些像糨糊一样的奶酪，贝克兰想引诱老鼠上钩。布置停当，他就睡觉去了。

晚上，他家的懒猫不知怎么会变得勤快起来。它悄悄地溜出来，偷偷地钻进实验室，跳上实验桌。也许是奶酪的香味吸引了它，它的食欲大增。当它从一张桌子跳到奶酪的桌上时，由于用力过猛，一下子竟把贝克兰刚研究出的酚醛树脂碰翻了，树脂正好倒在捕鼠器的奶酪上。

第二天早晨，贝克兰走进实验室一看，发现捕鼠器上一只老鼠也没有。

这不可能啊，这么多老鼠竟没有一只上钩？

贝克兰仔细检查了捕鼠器，发现捕鼠器里糨糊似的奶酪变了样，变得光滑滑的，像石子一样坚硬。贝克兰感到太意外了。

这究竟是怎么回事？

贝克兰没有轻易放过这个十分偶然的奇怪现象。对此，他进行了反复分析、研究和实验，最后终于搞清，原来把酚醛树脂和奶酪，或者把酚醛树脂和松散的有关材料搅合在一起，就会立刻变得异常坚硬、光滑，它不怕酸和碱，即使用火烧，用热水烫也丝毫不会改变它的形状。甚至强大的电流碰到它也会被它严严实实地挡住了。这就是今日的电木——一种新型的绝缘材料。

智勇一生的发现故事

小知识大智慧

苯酚有毒，它的浓溶液对皮肤有强烈的腐蚀性，使用时要小心，如果不慎沾到皮肤上应立即用酒精洗涤。苯酚水溶液与三氯化铁作用呈紫色。有弱酸性，与碱反应成盐。医学上用作消毒防腐剂，苯酚是重要的工业原料，可用来合成炸药（如苦味酸）、医药（如阿司匹林）、杀菌剂、塑料（如酚醛树脂、环氧树脂等）。

智勇一生的发现故事

莱特兄弟造飞机

现代化的生活,人们已离不开飞机。且不说战争中用的战斗机、轰炸机,也不说探索宇宙用的航天飞机,就说运输机及飞越大洋的客机,它为人类作出了多大的贡献啊。它使地球变小了,人与人之间的距离缩短了。若问,飞机的发明人是谁?他们是美国人莱特兄弟。哥哥叫威伯·莱特;弟弟叫奥维尔·莱特。年轻时,他们只是自行车修理工,但却梦想着有朝一日能够在天空飞翔。

白天,他们修理着在地上跑的东西,心里却老是琢磨怎样才能飞到天上去。晚上,他们便刻苦钻研起有关飞行的书籍。当时,德国有个叫利连撒尔的滑翔机专家,他搞了2000多次飞机滑翔实验都成功了。他写了一本关于滑翔方面的书。这天,莱特兄弟从书上看到了这样一句话:"谁要飞行,谁就得模仿鸟。"这句话使莱特兄弟激动万分,但当他们望着自己两只光秃秃的手臂时,又冷静下来。他们一致认为:要得上天,就得研制出飞机。

从这以后,兄弟俩把修理自行车的工作放在一边。他俩晚上读书,钻研飞行理论,白天就去观察鸟的飞行。他们经常跑到荒山上,一连几小时一动不动地观察老鹰怎样起飞。看鸽子怎样冲上蓝天,又直落下地。

经过一段时间的观察,莱特兄弟终于发现,老鹰每当要转弯、升降时就将翅膀倾斜着,尾巴也不住地扭动。

这一发现给了莱特兄弟很大的启发,他们又根据书本上学到的知识,制造出装着活动方向舵的滑翔机。两年的时间里,莱特兄弟做了上千次的实验,终于获得了成功。

1903 年 12 月 17 日上午,在美国北卡罗来纳州的一个沙丘上,飞起了一只巨大的载人的"怪鸟"。这就是莱特兄弟制造的名为"飞行号"的飞机。飞机的骨架是用木料做的,翅膀是用帆布做的,用 12 马力的发动机带动着两个螺旋桨。

马达隆隆作响,在众人的注视下,弟弟奥维尔·莱特不慌不忙地走上飞机,胸有成竹地操纵着驾驶杆,只听他大喊一声"起飞",瞬间,"飞行号"便升上了天空,12 秒钟后,飞机又平安地降落到地上。虽然从起飞到落地时间短暂,飞的路程也只有 120 公尺,但它却为人类飞向天空开创了一个新时代。

在以后的 5 年时间里,莱特兄弟又对"飞行号"进行了改造,前后试飞了 160 多次。1908 年,莱特兄弟在法国巴黎又做了一次精彩的表演。这次由 41 岁的哥哥威尔伯·莱特驾驶飞机,他在天空飞行了 2 小时 20 分 23 秒。这顽强的兄弟俩,终于飞上了天。

小知识大智慧

美国的莱特兄弟是人类历史上第一架动力飞机的设计师,他们为开创现代航空事业做出了不巧的贡献。他们的故事在全世界广为传颂。哥哥威尔伯·莱特出生于 1867 年 4 月，4 年后，弟弟奥维尔·莱特出世。年幼时，这对兄弟俩就已经显出对机械设计、维修的特殊能力。他们善于思考，富于幻想，每当他们闲暇时，兄弟俩要么讨论某一个机械的结构，要么就去看工匠们修理机器。他们手艺精巧，还经常做出好些有创新意义的小玩具，比如会自由转弯的雪橇等等。

耕云播雨

呼风唤雨,是古代人们的丰富想象。耕云播雨,则是现代诗人的佳句。要使想象变为现实,绝妙的诗句变为真实的写照,这要经过一段漫长的历史时期,经过千百万人的艰苦努力。就拿呼风唤雨来说,人类的这种愿望直到公元 1946 年才逐步实现。美国科学家文森特·谢弗在一次偶然事件中,抓住了机遇,才找到了人造雨的方法。

第二次世界大战期间,著名科学家欧文·兰米尔正在着手研究飞机的机翼结冰问题。年轻的谢弗跟随兰米尔到了新罕布什尔山区搞实验。因为那儿经常是大雪纷飞,寒风凛冽。在这里,谢弗发现云彩周围的温度经常低于冰点,但云中的水分却不结冰,也形不成雨或雪。这个现象引起了谢弗浓厚的兴趣。

当时,人们都认为雨雪是由海洋和湖泊中的水上升,形成了云,然后水从云中降下来就是雨或雪。但是,雨雪形成的根本原因却一直没弄明白。后来,有一位科学家指出,水滴是凝聚在灰尘或其他物质的细小颗粒周围的,没有这细小的内核,水滴就无法形成。于是,一些科学家把各种各样的微粒从飞机上投下来,或是从地面发射上去。结果是有时下雨,有时不下雨。

谢弗决心把别人没有弄明白的课题深入研究下去。他试验了所有由气象学家建议采用的天然材料，其中有粉尘、泥土、盐类等等。他的试验是在制冷器里进行的。为了仿制云雾状的潮湿空气，他将自己的呼气送入制冷器，然后投入一些实验用的材料。他连续呼着气，这个实验坚持很长时间。差不多他所想到的材料都试用过了，但奇迹并没有发生。

一天上午，他在制冷器里投入了另外一些材料。正在这时，他的助手喊他去吃午饭，谢弗肚子也饿了，就走了。临走时，他照例让制冷器的盖子朝上。因为冷空气总是往下沉的，他不必担心它们会从制冷器里跑掉。当他吃完饭继续进行实验时，由于当时是温暖的夏季，他忽略了这一点，盖子朝上的结果是提高了制冷器内的温度。为了迅速降低温度，他必须在制冷器内投入干冰。干冰是一种固态的气体，它很冷。

正当他在投放干冰时，他呼出的哈气与干冰产生出一种奇异的现象：他在制冷器内看到哈气中有某些细小的碎片在闪光。他立即明白了，它们就是他日思夜想的实验结果——冰的晶体！他高兴地喊来他的同事们一同观看。几个人同时将哈气吹入制冷器，并且加入大量的干冰，只见冰的晶体，变成了一些小小的雪花飘落到实验室的地板上。

谢弗想，既然能在实验室里制造雪花，那么，空中也可以试一试。在这年11月一个非常寒冷的日子里，谢弗在飞机上装了一个能喷洒干冰的装置，开始了他的空中实验。他和兰米尔查看了空中的云彩。随后，兰米尔留在地面观察，谢弗登上了飞机。他将飞机升到充满潮气的灰色云层的上空，撒下了大量的干冰，只见无数雪花从云层里飘落下来，落在人们脸上的雪花化成了水珠。呼风唤雨成为现实，于是，也就有了耕云播雨这样的佳句。

知识大智慧

雨的形成 由液态水滴（包括冷却水滴）所组成的云体称为水成云。水成云内如果具备了云滴增大为雨滴的条件，并使雨滴具有一定的下降速度，这时降落下来的就是雨或毛毛雨。由冰晶组成的云体称为冰成云，而由水滴（主要是冷却水滴）和冰晶共同组成的云称为混合云。从冰成云或混合云中降下的冰晶或雪花，下落到 0℃ 以上的气层内，融化以后也成为雨滴下落到地面，形成降雨。

105

智勇一生的发现故事

奇异合金的发现

　　人类社会是在不断革新,不断创造中前进的。每一项科学技术的发展,都跟科技工作者的辛勤劳动和他们的卓越智慧分不开的。有时,他们的劳动成果能极大地推动社会生产力的发展。一种奇异的合金——镍钛诺的发现就是这样。

　　镍钛诺是一种奇异的合金。在普通温度下,一根镍钛诺丝像铜一样坚硬;但一浸入冷水,它就突然变得很柔软,一扭就弯,折弯后它可以保持弯度。再浸入热水中时,它会像突然"醒"过来似的,狠狠地弹回到原来的样子。它有一种形状记忆的反应能力,是一种固态的能源转换系统。经科学计算,证实只要给它由冷变热的外界条件,每平方英寸就能产生 55 吨的力量!

　　镍钛诺的奇特性质是怎么发现的? 这是美国冶金专家威廉·巴克勒于 1958 年在一次实验中偶然发现的。当时,他把第一批冶炼的镍钛诺锭从炉中取出来时,习惯地拿起两根金属锭互相敲了敲,它们发出单调、暗暗的声音,并没有什么出奇的地方。但是,几分钟后,巴克勒发现,另外两根同一批出炉的镍钛诺相敲时,却发出银铃般的声响。这是为什么? 原来,第二对镍钛诺刚从炉中取出,温度较高。巴克勒对镍钛诺的奇异特性发生了兴趣。他又发现镍钛诺经得起弯曲。

他一次又一次地将镍钛诺进行弯曲,不知弯曲了多少次,镍钛诺却表现得非常顽强,具有相当的韧性,一点也不像其他金属那样呈现出"疲劳"的现象。不过,同其他合金一样,镍钛诺被弯曲时,弯曲的地方温度会升高,恢复原状时,弯曲的地方的温度也随即降低。巴克勒用酒精灯把一根弯曲的镍钛诺丝烤了一下,它立即弹开变直了。

这种合金的奇异之处,能有什么实际用处呢?科学家们展开了研究。加利福尼亚州伯克利的劳伦斯实验室的发明家里奇韦·班克斯,利用镍钛诺的奇异特性,制造了一台镍钛诺热能发动机的样机。

班克斯的新发明是一个平放在中心轴上的轮盘,轮盘的每根辐条上都悬挂着一根 U 形的镍钛诺丝。当 U 形丝浸入轮下水槽的热水中,它就弹开,产生的能量推动轮子旋转。班克斯对环状镍钛诺丝的疲劳迹象进行观察,在旋转了几十万圈之后,机器竟然越转越快!原来,镍钛诺将"记忆力"发展成为双程的,它"学会"了在冷水中加强恢复它原来 U 形的形状。它记忆、忘却,再记忆、再忘却,再记忆……从而取得无限的安全而又清洁的没有污染的能源。

据科学家估计,用镍钛诺发电,与用石油、天然气和核燃料发电相比,具有很多优越性,人们对它的奇异能力,寄予极大的期望。

107

智勇一生的发现故事

小知识大智慧

由一种金属跟另一种或几种金属或非金属所组成的具有金属特性的物质叫合金。合金一般由各组分熔合成均匀的液体,再经冷凝而制得。

叮蚊子的蚊子

著名的科多院士,又有了一项震惊世界的发明,利用生物工程的原理,制造出一大批专叮蚊子的蚊子。

说实话,搞发明也得有灵感。科多院士的这个发明是他在千百种驱蚊剂对蚊子都失去效力——蚊子们一个个都有了抗药性后——才突然想到的。"既然蚊子可以叮人、叮牛、叮马、叮猪……叮鸡,甚至叮甲鱼,为什么不可叮蚊子呢?如果培养出专叮蚊子的蚊子,那时候,看你们这些骚扰人类的害虫再往哪里逃!"

确实,这一妙招就妙在使蚊子无处可逃。试想,任何一种新颖的驱蚊剂,你能随便乱喷吗?公园的荷花池里你能去喷,总统的喷水池里你就没法去洒;江河大海让你都搅遍了,深山密林的熊脚坑里的积水中,上百个蚊子却在松涛声中乱跳迪斯科,你连找也找不到它们。

只有发明出叮蚊子的蚊子,才能长驱直入,占领万恶的蚊子隐蔽的每一个角落!这种灭蚊构想,正可谓是富有创见的。

科多院士给全世界上千种蚊子排了个队,什么非洲巨蚊、亚洲疟蚊、美洲黑蚊、长脚蚊、短脚蚊、花斑蚊、尖嘴蚊、圆翅蚊……这些蚊子都不行:个儿太大,体重过重,腰身太粗,翅膀太宽……简直像搞世界蚊子选美一样,把科多院士十足苦恼了3个月。各种标本都让他叹气、摇头，最后，不得不亲自带上捕虫网，到世界上几个出"名蚊"的地方去实地捕捉。功夫不负有心人。终于，他在小亚细亚一个小得叫不出名字的林子里，找到了几只微型蚊子。

这种蚊子，任何一本昆虫学上都没记载过。它们只有一般蚊子的四分之一大，身体带点儿透明，落在人身上几乎没法察觉，但叮起人来又痒又麻，比小时候屁股上打针印象还深。科多院士也是被叮过后才发现它们的——当时他狠狠地朝自己扇了一巴掌，把手拿下细看时却急得差点哭出来：被击毙的蚊子正是他最理想的选择呀！

他懊丧了好一会儿，顾不得抹止痒药水，忙把脸和手脚包起来，让那个突出的啤酒肚皮裸露在外面，不过一时三刻，他终于用超细的捕虫网捉住了三雄二雌五只蚊子。

他如获至宝地回到实验室，以最快的速度培育出 1000 只微型蚊子——这时，它们因为是新发现的物种，已被命名为"科多蚊"。接着，科多院士就把它们分成 20 批，让它们挨个儿接受各种驱蚊剂、灭蚊剂的抗药性试验。

一批又一批微型蚊子在现代文明面前倒下去，终于，在死了 20 000 只培育出来的微型蚊子后，这种蚊子经受住了"现代化"的考验，对各种驱蚊剂除蚊药都有了抵抗力，甚至可以在浓烈的驱蚊烟雾中勾肩搭背嗡嗡嗡嗡地谈情说爱，在原装的灭蚊药水里产卵。

这时，微型蚊子的体型已经被培育得只有一般蚊子的八分之一，甚至十六分之一，但它们细长的尖嘴还是不肯刺向养在一起的别种蚊子，而对钻进蚊笼去观察的科多院士大感兴趣，一哄而上，恋恋不舍，非叮得他龇牙咧嘴，狼狈地从内笼逃到中笼，再从一层层严密护罩的笼中逃离出来不可。

科多院士是世界上最有耐心的人，他通过生物工程加上饥饿引

109

智勇一生的发现故事

导,终于使微型的"科多蚊"改变了千万年来向其他动物叮咬吸血的本性,反戈一击,掉转尖嘴刺向蚊子大家族中的其他蚊子,而且一叮致命,神效无比。

那次成功的发明鉴定会值得付诸笔墨:

几位世界闻名的灭蚊专家、生物博士围坐在防范严密的鉴定室里,鉴定室外安装了激光灭蚊网——万一有新种蚊虫逃逸出来,激光能在瞬时间把它杀灭。这种几乎能对付外太空骚扰的武器,对于深知新种蚊虫逃出所能造成危害的专家、博士们来说,并不是杀鸡用牛刀,如果有更有效的措施,他们也将坚决采用。几世纪前,一只货轮上的小老鼠爬上欧洲海岸,使几千万人死于从未见过的鼠疫。血的教训,记忆犹新,不可不防。

科多院士拿出一只细密的小纱笼,里面伏着十只雌性微型科多蚊。专家博士们拿过放大镜,一一仔细打量。

"果真细小如芥末……不,不,比芥末还要细小。"

"确实透明,如果趴在蚊帐上,要找到它们是不容易的。这一点,想提请科多院士注意。"

"不必多虑,这些小科多,已经被我驯养得只叮蚊子,不叮人和其他动物了。请开始第二项试验——"

科多院士微笑着,叫助手拿过各种还没有启封的驱蚊剂、灭蚊剂瓶、罐,请专家、博士们打开对准科多蚊喷洒。

阵阵烟雾过后,科多蚊岿然不动,只有一只小蚊子像洗了个淋浴一样,振动了一下比蝉翼薄 100 倍的翅膀,从纱笼的一头飞向另一头,在那里细细吮吸脚上的水珠。

"哎哟,刚才喷的那个浓度,真可以叫人戴防毒面具了,这些超级蚊子却安然无恙,真不敢想象。"

等大家一致对微型科多蚊的抗毒性认可后，科多院士吩咐开动抽气泵，把鉴定室里驱蚊剂和灭蚊药的怪味全抽光。

"现在，请把已经过检疫，不带任何病菌和病毒的一般蚊子放出来。"

科多院士一声令下，助手启动开关，一群饿瘪了的非洲巨蚊、亚洲疟蚊、花斑蚊、库蚊……像灰尘似的飞扬开来，直奔参加鉴定会的专家博士和教授们。同时，科多院士做了个"注意"的手势，把装在纱笼里的微型蚊子也放出来了。

一位灭蚊专家紧握放大镜，对准趴在自己左手背上的一只疟蚊细细打量：尖尖的吸管已经插进皮肤，一股殷红的鲜血通过吸管慢慢充盈了疟蚊的肚皮。疟蚊得意地摆动了一下肚子，正准备起飞，一只微型蚊悄然飞来，轻轻降落在疟蚊背上，尖嘴刚一戳，硕大的疟蚊就抽搐起来，不一会儿就断了气，死在灭蚊专家的手背上。

"蚊子叮蚊子，这是千真万确的事！"灭蚊专家打了个响指，让大家看他手背上的死蚊子，而这时，另几位鉴定大员也都像孩子似的惊叫着，要大家看他们腿上或胳膊上的蚊尸。

"除了叮蚊子外，这种超级生物，是不是还会叮别的什么……"有人小心翼翼地问。

"不，除了蚊子，它们不叮其他生物。"科多院士郑重声明，如果需要的话，我还可以拿一批这种小蚊子来……

鉴定大员们为了谨慎起见，同意再放 100 只科多蚊进来亲身体验。果然，这种新发明的小生物，除了偶尔在大员们身上起落一下，绝不开口叮咬。

鉴定通过后，又通过了一次扩大试验，叮蚊子的蚊子被国会乃至世界卫生组织批准大规模培育了。很快，亿万只超级微型蚊被培育了

111

出来,它们乘上飞机,穿越大洲大洋,到世界的每个角落服役。

由于这种蚊子有最强的抗药性,它们受不到任何伤害;它们体小身轻,任何蚊子能去的角落它们都能到达;它们尖吻下的毒汁,任何蚊子遇上了都得丧命……

因此,它们被科技界、报界誉为灭蚊特警队、灭蚊轻骑兵、蚊子的最大克星……

蚊子能传播130种疾病,消灭蚊子,是各国人民梦寐以求的事情。现在,一个国家、一个洲、东半球、西半球,全世界叮人的蚊子终于全部被消灭了,这是何等重大的事情!

科多院士的发明获得了诺贝尔生物奖,各国都宣布他为自己国家的荣誉公民。世界卫生组织甚至悬赏10000美元,征求一只活着的吸人血的蚊子,结果是两个月过去也没人来领赏!

全世界已经找不到一只原来概念上的蚊子了!它们已全被这种叮蚊子的蚊子叮死了!

为了庆祝人类如此伟大的胜利,世界各国决定在丢鼻半岛举办全球灭蚊节。丢鼻半岛原来是蚊子闹得最凶的地方,据说,一不小心,蜂拥而上的巨蚊能把人的鼻子咬掉。在这里举办全球灭蚊节,无疑更有意义。

金风送爽,丢鼻半岛的9月原是蚊虫肆虐的季节,现在巨蚊和其他蚊子只能在生物馆标本橱里见到,人们心中有说不出的欢喜。灭蚊节大会主席台被布置得花枝招展,喜气洋洋。

大会开始时,科多院士被请到主席台前,亲手放飞上万只新培育的超级科多蚊,就像别的隆重节日要放无数鸽子一样。

布幔一掀,嗡嗡乱叫,一种半透明的风上升起来,就像打开了潘多拉的魔盒。科多院士打了个颤,但他马上克服了这种本能的厌恶,一心想起这种小生物给自己带来的荣誉和给人类带来的幸福，神圣地注视着前方。

礼炮响起来了，盖过了小生物的嗡嗡声。突然，科多院士觉得鼻子疼痒难忍，刹那间，他怀疑落上了一小块礼炮的弹片，但是，接着，脸颊和眼皮也大痒特痒起来。终于，他顾不得体面，用手狠狠地揉起痒痒处。一上一下间，他发现手中有了些东西。仔细一看，手掌里落了几具叮蚊子的蚊子的尸体，它们小小的肚子里，有针尖大的一点血！

"这些家伙怎么叮起我来啦?!"科多院士恐怖地想，"难道它们……"

科多院士想得不错，全世界的蚊子都死光了，这种靠叮蚊子而生存的蚊子就面临死亡的威胁，而这种威胁足以使它们窥测方向，改变习性，以求生存。在蚊子的体液里，它们早已尝到了人血的滋味，因此，科多院士的鼻子就首受其害，在丢鼻半岛的灭蚊节庆祝会上被密密麻麻的叮蚊子的蚊子叮掉了。

这种蚊子成了人类新的一大威胁，它们传播的疾病翻了一番，几乎近300种。由于身体只有原来蚊子的十六分之一，所有的纱窗和蚊帐都报废无用，又因为它们有最强的抗药性，一切驱蚊灭蚊药剂都成了垃圾。

科多院士紧皱眉头，又打算培养一种吃蚊子的蚊子了，就像老鹰抓小鸡那样，这种新蚊子将有非凡的飞翔本领和捕食本领，而且专捕食微型蚊子……

不过，这种构想没有脱开培养叮蚊子的蚊子的窠臼，恐怕结果仍是悲剧。

亲爱的读者，有句成语叫大智若愚，但有的人聪明过了头，就是愚蠢了。我们套用上面那个成语，称这种人为大愚若智，看完这个故事，你觉得这样说合适吗？

小知识大智慧

在蚊子中，最可恶的要算吸人血的蚊子。雌雄蚊的食性本不相同，雄蚊"吃素"，专以植物的花蜜和果子、茎、叶里的液汁为食。雌蚊偶尔也尝尝植物的液汁，然而，一旦婚配以后，非吸血不可。因为它只有在吸血后，才能使卵巢发育。所以，叮人吸血的只是雌蚊。